LA MAÎTRESSE EN MAILLOT DE BAIN

Yasmina Khadra est né en 1955 dans le Sahara algérien. De son vrai nom Mohammed Moulessehoul, il commence une carrière d'officier, avant d'être soumis à un comité de censure militaire. Il opte alors pour la clandestinité et choisit le pseudonyme de Yasmina Khadra pour publier *Morituri*, roman qui l'a révélé. Arrivé en France en 2001, il se consacre désormais à la littérature. Il est notamment l'auteur de la trilogie *Les Hirondelles de Kaboul*, *Attentat* et *Les Sirènes de Bagdad*.

Dominique Sylvain est née en 1957 en Lorraine. Elle débute en tant que journaliste, puis part vivre au Japon, où elle écrit son premier polar. Elle a obtenu, en 2005, le Grand Prix des lectrices de *Elle*, catégorie polar, pour *Passage du désir*.

Marc Villard est né en 1947 à Versailles. Diplômé de l'école Estienne, poète, scénariste, il a été chroniqueur rock au *Monde de la musique*, tout en se consacrant à l'écriture de romans.

Paul Fournel, entré à l'Oulipo en 1971, en est aujourd'hui le président. Il a gagné le Goncourt de la nouvelle en 1985 pour *Les Athlètes dans leur tête* et a présidé la Société des Gens de Lettres.

Yasmina Khadra, Dominique Sylvain,
Marc Villard, Paul Fournel

LA MAÎTRESSE EN MAILLOT DE BAIN

Quatre récits d'enfance

Éditions Après la Lune

Le titre de ce recueil est inspiré du nom de la collection, « La maîtresse en maillot de bain », dirigée par Jean-Jacques Reboux aux éditions Après la Lune.
Cette collection réunit des textes courts – plus propices à l'envolée lyrique qu'à la plongée introspective – qui s'appuient sur l'instantané d'un souvenir transfiguré, un rêve de gosse fantasmé ou un secret, et s'adressent à tous les publics.

TEXTE INTÉGRAL

Pour *La Rose de Blida*
(ISBN 2-35227-001-4, 1re publication)
© Éditions Après la Lune, 2006

Pour *Mon Brooklyn de quatre sous*
(ISBN 2-35227-002-2, 1re publication)
© Éditions Après la Lune, 2006

Pour *Compagnons des forêts*
(ISBN 2-35227-016-2, 1re publication)
© Éditions Après la Lune, 2006

Pour *À la ville comme à la campagne*
(ISBN 2-35227-015-4, 1re publication)
© Éditions Après la Lune, 2006

Pour cette édition
ISBN 978-2-7578-0678-4

LA ROSE DE BLIDA

À Antonio et Clari

Et à mes amis du festival del Sur (îles Canaries)

1

La première fois que je l'ai vue, je sortais de la prison de l'école, ma couverture enroulée sur l'aisselle et mon oreiller sous l'autre bras.

– À bientôt, morpion, me lança un caporal ventripotent en faisant tournoyer son ceinturon à la manière d'une fronde.

Je ne fis attention ni à sa voix d'ogre ni à son sourire aux dents pourries par les beuveries et les cigarettes sans filtre. La dame qui attendait dans la cour venait de me happer telle une crue. Elle était belle comme un rêve impossible, presque irréelle dans son tailleur blanc, les mains croisées sur la poitrine et le regard insaisissable.

Je ne me souviens pas d'avoir vu créature plus fascinante avant.

Elle devait avoir dans la trentaine mais en paraissait beaucoup moins, avec ses traits juvéniles et sa silhouette frêle, et ce regard lointain qui semblait puiser son éclat au fin fond de l'horizon.

Pendant deux minutes, je ne savais plus quelle porte prendre pour aller à l'air libre. Je restai cloué au milieu du poste de police, les yeux hagards et la bouche béante, incapable de comprendre ce qu'il m'arrivait.

Les deux soldats qui se tiraient les vers du nez dans le couloir étaient sous le charme, eux aussi. Ils observaient la dame de derrière la baie vitrée sans se rendre compte de l'inconvenance de leurs gestes.

– Tu veux que je t'appelle un taxi ? grogna encore le caporal.

– Hein ?

– T'as purgé ta peine, morpion. Maintenant tu disparais de ma vue.

Brusquement, j'eus honte de ma boule à zéro qui conférait à ma tronche un relief cabossé, de mes bottes sans lacets qui trahissaient mon statut de garçon peu recommandable et de mon treillis fripé qui sentait la sueur froide et le trou à rat. Je n'allais tout de même pas passer devant la dame dans une tenue aussi débraillée et avec une figure violacée, bouffie de sommeil tourmenté.

– Fous le camp, aboya le caporal en se trémoussant sur son tabouret.

– Je peux sortir par derrière ?

– Non.

– S'il te plaît.

– Ça me plaît pas. Tu vas sortir par la porte principale, comme tout le monde. T'as peur que l'on te voie ? T'avais qu'à bien te tenir.

– S'il te plaît, chef.

Il secoua énergiquement son double menton qu'il avait blanchâtre comme le ventre d'un batracien :

– Te fatigue pas. J'ai pas plus de cœur qu'une tronçonneuse.

Il jeta un regard sur le cadran de sa montre et tordit ses grosses lèvres de crapaud-buffle sur le côté :

– Il est midi cinq ; tu dois réintégrer ta compagnie, et au pas de gymnastique, si tu tiens à ta jolie petite gueule. Le rassemblement est pour bientôt.

– Il y a une porte de sortie par derrière, le suppliai-je.

– C'est interdit au personnel non concerné par la permanence. Assez discuté comme ça. Ne m'oblige pas à te botter le cul jusqu'à ce que ta merde te sorte par les narines, d'accord ? Tu vas me faire le plaisir de sortir par là, devant moi, pour que je t'aie à l'œil jusqu'à ce que tu disparaisses totalement de mon secteur.

Je compris qu'il n'y avait rien à glaner de ce côté, enserrai ma couverture sous mon aisselle comme si j'étais en train d'étouffer le caporal et, dépité, je dodelinai de la tête.

– On se retrouvera, promis-je, les dents serrées.

– Faut pas reporter à demain c'que l'on peut faire aujourd'hui, p'tit couillon. Mais si tu trouves qu'ici, c'est pas indiqué pour te donner en spectacle, t'as qu'à fixer l'heure et l'endroit qui te conviennent, et je serai au rendez-vous. Pour l'instant, tu dégages avant que je t'arrache la peau des fesses avec mon ceinturon.

Les deux soldats dans le couloir battirent soudain en retraite et s'éclipsèrent par une porte dérobée. Intrigué, le caporal se redressa si promptement que sa grosse bedaine se déversa entièrement sur ses genoux, semblable un bloc de gélatine : une Peugeot

403 noire venait d'envahir la cour dans un crissement de cailloutis.

– Bordel ! paniqua le caporal. C'est le capitaine. Retourne dans ta cellule jusqu'à ce que je vienne te chercher.

Sur ce, il se passa aussitôt en revue, rajustant par-ci un pan de sa vareuse, par-là un pli sur son pantalon.

Le capitaine s'extirpa de sa voiture tel un ours de son antre, colossal, le front proéminent et le regard vorace. Il claqua si fort la portière que mon cœur faillit me crever la poitrine. La dame l'accueillit avec un sourire qui, dans la muflerie ambiante, avait quelque chose d'insolite.

Le caporal me bouscula dans la cellule et se dépêcha de rejoindre son poste, une table rudimentaire dans un coin de la pièce. Tout de suite, il ouvrit un registre et plongea dedans, décidé à ne relever la tête qu'après le départ de l'officier.

Lorsqu'il revint me chercher, la Peugeot 403 avait disparu, emportant avec elle la féerie de tout à l'heure. Jamais la cour désertée ne m'a paru si grotesque qu'en cette fin de matinée quand, la dame volatilisée, ni l'arbre veillant sur la fontaine ni la treille se substituant au grillage ne parvinrent à recouvrer un soupçon d'élégance.

– Pouvez-vous nous répéter ce que j'étais en train de dire, monsieur Moulessehoul ?

La voix de monsieur Jouini dût mettre un certain temps avant de m'atteindre tant j'étais absorbé par mes pensées, mais c'était surtout le silence, qui venait de me mettre en joue, qui m'éveilla à moi-même. Monsieur Jouini roulait des yeux chauffés à blanc par-dessus l'estrade. Le tableau, derrière lui, se voulait horizon, sauf que je ne disposais plus d'aucun moyen pour m'évader. Tous mes camarades de classe me considéraient avec intensité, les uns désapprobateurs, les autres amusés par ma perplexité.

– De quoi étais-je en train de parler, monsieur Moulessehoul ?

– Des oiseaux, me souffla traîtreusement Belkhedir dans mon dos.

– Des oiseaux, monsieur.

Une explosion de rire ébranla la classe.

Monsieur Jouini laissa ses élèves se désopiler la rate, probablement pour me faire prendre conscience du ridicule dont je me couvrais. Ensuite, descendant de l'estrade, il s'approcha de moi.

– Des oiseaux, ricana-t-il. Pourquoi pas des bourricots, puisqu'on y est ?

Sa main se posa délicatement sur ma nuque puis, sans crier gare, ses doigts se refermèrent avec une violence telle que je sentis mes vertèbres cervicales s'émietter.

– Monsieur Moulessehoul, que vous rêviez d'automne ou de printemps en pleine hibernation, c'est votre affaire. Mais que vous ne me prêtiez pas toute votre attention pendant que je me tue à vous dispenser un merveilleux cours sur un génie nommé Pythagore, ça, c'est catégoriquement inexcusable. Surtout de la part d'un cancre qui a pas mal de points à rattraper.

– J'sais pas où j'avais la tête, monsieur.

– Faudrait d'abord en avoir une.

Ses doigts relâchèrent mon cou, escaladèrent ma mâchoire et s'emparèrent de mon oreille.

– Le problème est que j'ai horreur de me répéter, me signala-t-il d'une voix gutturale qui trahissait la colère en train de le sortir progressivement de ses gonds. Aussi, vous allez me faire le plaisir de prendre vos cliques et vos claques et d'aller bâiller aux corneilles ailleurs. Ici, on s'instruit, monsieur Moulessehoul, on ne se mouche pas dans les étoiles en plein jour.

Me tenant l'oreille entre le pouce et l'index, avec la même répugnance que s'il tenait un rat mort par la queue, il me fit traverser la classe et me jeta dehors en refermant sèchement la porte derrière moi.

La cour scolaire était déserte. Seuls deux soldats flanqués d'une brouette geignarde s'adonnaient à une corvée de secteur. Un coup d'œil du côté de la direction de l'école m'avertit que le surveillant général risquait de me tomber dessus à tout moment. Le lieutenant Ouared ne rigolait pas avec les élèves que les professeurs chassaient du cours. Des fois, il leur tapait dessus avec la pointe d'un compas, quand il ne leur rentrait pas carrément dedans. Pourtant, je ne me dépêchai pas de me mettre à l'abri ; j'étais fatigué. J'avais beau prendre l'ensemble de mes précautions, je finissais immanquablement par gaffer et me mettre tout le monde sur le dos. Ne venais-je pas de purger une peine de huit jours d'arrêts justement parce que j'avais essayé de faire tourner en bourrique un sergent bouché à l'émeri ?

En réalité, je me sentais mal dans ma peau depuis que j'avais entrevu cette dame au sortir de la prison scolaire. Impossible de l'oublier une seconde. Son visage de houri, qu'un regard triste embaumait de noblesse, me poursuivait matin et soir. Combien de fois m'étais-je réveillé en sursaut au beau milieu de la nuit pour le chercher dans l'obscurité ? Combien de fois l'avais-je rêvée au détour d'un cours, obligeant mes professeurs à m'esquinter l'oreille avant de me livrer pieds et mains liés à la furie du surveillant général ?

– Tu ne dois pas rester là, me dit le vaguemestre en sortant de la classe voisine. Le lieutenant rôde dans les parages et il est vachement en rogne.

Je le remerciai de la tête et fonçai droit sur la forêt qui commençait juste là où s'arrêtait le stade de foot. Quelques nuages jouaient à saute-mouton dans le ciel. Il avait plu la semaine passée, et les bois sentaient les feuilles mortes. Mes godasses patinaient sur la terre gorgée d'eau, me flanquant de temps à autre sur le postérieur. Il y avait, derrière un muret séculaire – ultime vestige d'une forteresse romaine rongée par les âges – une hutte que mes camarades et moi avions taillée parmi le branchage. C'était là que nous nous retrouvions après avoir écumé les vergers alentour pour partager nos « butins de guerre » et échafauder d'autres diableries. C'était aussi sur cet endroit que j'avais pris l'habitude de me rabattre lorsque je n'avais pas le moral. Cela faisait maintenant cinq ans que j'étais enfermé dans cet internat particulier – l'École des Cadets ; une école militaire conçue pour recueillir les orphelins de la guerre d'Indépendance et à laquelle mon père, officier, m'avait confié pour que j'apprenne le métier des armes et embrasse une longue carrière de commandeur et de héros de la nation. Jamais je n'avais réussi à me faire à l'idée que mon père, en me ravissant à ma mère et à ma famille, pensât exclusivement à mon bien. J'avais à peine treize ans, et je lui en voulais de me priver de mes insouciances d'enfant en me soumettant à une discipline de fer capable de briser un adulte. J'étais malheureux au milieu de ces murs qui me retenaient captif de leur laideur. J'avais beau faire le malin, exceller dans les pitreries et braver les caporaux à tout bout de champ, je ne dormais que terrassé par mes infortunes et ne me levai le matin qu'avec la certitude d'en subir d'autres, plus sournoises et cruelles que celles négociées la veille. Mille fois l'idée de déserter, de faire la courte échelle et de disparaître à jamais dans la nuit m'avait taraudé l'esprit ; nulle part je n'avais réussi à rassembler un minimum de conviction pour sauter le pas. Je me savais peu téméraire, sauf bien sûr lorsqu'il s'agissait de provoquer la colère d'un surveillant aux allures de kapo et finir soit à l'infirmerie avec les gencives ébranlées soit dans la prison de l'école. Depuis des mois, j'essayais de me faire une raison, de me dire qu'après tout je n'étais pas seul dans le cantonnement, que j'y avais les meilleurs amis du monde et qu'en comparaison avec certains mômes misérables entrevus dans les rues de Blida et d'Alger, je n'étais pas si mal loti. À peine ces rappels à l'ordre étaient-ils formulés que je retombais dare-dare dans la déprime, plus laminé qu'auparavant. Une seule fois, j'avais cru pouvoir faire contre mauvaise fortune bon cœur – ce fut lorsque je m'étais dégotté l'adresse d'une adolescente canadienne de Terrebonne qui souhaitait correspondre avec de jeunes gens de son âge aimant les voyages, la nature et la littérature. Elle s'appelait Véronique Cloutier. Je lui avais envoyé plusieurs lettres auxquelles elle n'avait jamais répondu. À cette époque, j'avais vécu l'attente du facteur comme une grossesse nerveuse, suspendu entre le lyrisme de l'espoir et la goujaterie des peines perdues. Il m'avait fallu des semaines et des semaines pour me rendre à l'évidence et comprendre que la fille du coupon-réponse ne me répondrait pas. Mon chagrin, en ce moment-là, avait frisé l'abjuration.

Les week-end, quand il m'arrivait, contre toute attente, de bénéficier d'une permission de trente-six heures, je passais une éternité à m'astiquer devant un miroir, à vérifier un à un mes traits, les plis de ma tunique cendrée, l'éclat des douze boutons dorés sur ma vareuse, l'inclinaison réglementaire au millimètre près de mon béret ; me brossais les dents jusqu'à ce que mon sourire illumine mon visage, m'aspergeais de déodorant et filais à la conquête de Koléa, l'allure désinvolte et l'œil étincelant. Je remuais de fond en comble les rues de la ville à la recherche d'une petite amie, tandis que toutes les gamines que je rencontrais sur mon chemin se dépêchaient de changer de trottoir. Le soir, bredouille et désemparé, je me cachais quelque part jusque tard dans la nuit avant de retourner à l'école. Je faisais exprès de rentrer une dizaine de minutes avant l'extinction des feux pour faire croire à mes camarades de chambrée que je m'étais oublié en rendez-vous galant. Au début, cela soulevait quelques sourcils admiratifs puis, à la longue, mes récits roses se mirent à dépasser les bornes et plus personne ne prit pour argent comptant mes élucubrations. « On t'a suivi, Mo, m'avoua un soir Belkhedir qui voulait absolument tirer au clair mes histoires de joli cœur aux mille harems. T'es d'abord allé au ciné voir un film hindou, ensuite, tu as acheté des biscuits dans une épicerie du côté du souk et du pain d'épice dans une boutique en face du kiosque, et tu es allé te cacher derrière le stade tout le soir pour nous faire croire que tu étais chez ta copine. T'as pas plus de copine qu'un eunuque, Quasi-momo. Depuis le début, je savais que tu nous menais en bateau. Que tu parviennes à intéresser une vieille fille borgne et obèse, c'est dans tes cordes, après tout tu n'es pas plus moche qu'un pou. Mais que tu passes d'une blonde à une rouquine, et d'une infirmière à une collégienne à chaque permission, avec le cache-flamme qui te sert de gueule et ton crâne rasé avec une tondeuse enragée, faut pas abuser de notre complaisance. » Bien sûr, en mauvais perdant, je criais sur les toits que Belkhedir prêchait le faux pour avoir le vrai, qu'il était jaloux de mon aubaine et que, de toutes les façons, il s'agissait de ma vie privée... Rien à faire, le lendemain au réfectoire, dans les dortoirs, sous le préau pendant la récréation, tout le monde me montrait du doigt en rigolant à gorge déployée.

– Je t'ai cherché partout, me surprit 53 en écartant le branchage camouflant ma hutte. Qu'est-ce que tu fous dans la forêt, bordel ? Tu as oublié que nous avons un match capital à livrer cet après-midi aux Algérois ?

– J'suis pas d'humeur à taper dans un ballon, aujourd'hui.

– Tu vas pas te débiner, hein ? On a besoin de toi comme ailier. Sebti a la crève. Il pourra pas jouer avant une semaine.

– Moi aussi, je suis mal.

– Dis pas de sottises, Mo. Lève-toi et allons nous restaurer. Les Algérois sont décidés à nous infliger notre première défaite au FASSU.

– M'en fiche.

– T'es pas bien du tout, Mo. J'aime pas ton regard. On dirait que tu te montes contre toi-même. Cet endroit est sinistre. Hé ! t'es pas en train de penser à te tuer !

– C'est quoi, la mort, sinon un sommeil plus long que les autres.

La réplique le terrifia.

– Sors de là, me cria-t-il. Cette saloperie de hutte est en train de te pourrir la tête.

Devant mon entêtement, il comprit qu'une grue n'aurait pas suffi à me soulever et courut chercher du renfort pour me déloger.

2

– Il faut te ressaisir, Mo, me suppliait 53. Ce que t'es en train de t'infliger n'a pas de sens. Tu maigris à vue d'œil, t'as des cernes sur la figure et t'es tout le temps déplaisant.

– J'arrive pas à l'oublier, couinai-je.

– Bon sang ! Tu l'as à peine entrevue ! Tu peux pas tomber amoureux d'une femme que tu n'as même pas eu le temps de regarder de près.

– C'est plus fort que moi.

53 s'assit d'une fesse sur mon lit et me prit par la main.

– C'est ridicule, Mo.

– Je sais, mais j'y peux rien. Je veux savoir qui elle est, où elle habite… Je veux la revoir. Peut-être qu'après, tout rentrerait dans l'ordre.

– Tu disais qu'elle avait la trentaine, voyons.

– Et alors ?

– Et alors, elle pourrait être ta mère. Sincèrement, t'as pensé à elle, à ce qu'elle pense de cette histoire à la con. Un gamin de treize ans !… Je crois que les bouquins que t'arrêtes pas de dévorer commencent à te court-circuiter les neurones. Tu lis trop, et maintenant tu t'installes dans la fiction au lieu de regarder la réalité en face.

À mon tour, je saisis 53 par son autre main.

– Je ne demande pas la lune. Je veux juste savoir qui elle est, c'est tout ; la revoir une dernière fois. Quel mal y a-t-il à ça ?

– En tous les cas, j'en vois pas l'intérêt. Tu vas la revoir, et puis après ? T'auras même pas le courage de l'approcher, je te connais. T'es aussi farouche qu'un fennec. À mon avis, t'es en train de te mentir ferme, et tu sembles adorer ça.

Dehors, le tonnerre fulmina, levant le vent comme un gibier. Il était à peine cinq heures de l'après-midi et déjà le soir rappliquait. De gros nuages survolaient l'école, semblables à des oiseaux de mauvais augure.

Quelques rafales glaciales s'engouffrèrent dans le dortoir, faisant claquer les portes et grincer les volets. L'orage s'amenait sur ses gros sabots, précédé d'une soudaine vague de froid. Plus loin, imperceptible dans la grisaille, le mont Chréa s'apprêtait à recueillir les premiers flocons de neige.

53 continuait de me raisonner ; je ne l'écoutais plus. Après avoir récupéré mes mains, je m'approchai de la fenêtre et, le nez contre la vitre, je regardai l'hiver déballer son paquetage avec le sans-gêne des troufions. Dans la cour caillouteuse, le sergent-chef Clovis malmenait la 4e section. Une chiffe molle avait dû faire l'intéressant dans les rangs ; n'ayant pas le courage de se dénoncer, c'est l'ensemble du peloton qui trinquait. Le manège durait depuis deux heures. Les pauvres bougres étaient lessivés ; cer-

tains chaviraient sous les épreuves. Ils ne dénonceront pas le copain ; ils s'occuperont de lui après. Pour l'instant, ils se laissaient traîner dans la boue avec un rare stoïcisme, les coudes et les genoux pelés par le ramper, les mollets ankylosés par la marche de canard.

Les jurons de Clovis claquaient dans le vent comme des coups de feu, obscènes à horrifier une tenancière. Ses godasses partaient dans tous les sens, shootant dans les postérieurs, écrasant les nuques ; il gloussait d'aise à chaque fois que l'un de ses suppliciés tournait de l'œil.

– Bon, concéda 53. Je ne te promets rien, mais je vais voir ce que je peux tirer de cette histoire. T'es sorti de prison le 23 avril, n'est-ce pas ? Je connais un caporal qui bosse au niveau du poste de police. Il s'appelle Snouci. C'est un gars de Palikao, un voisin de quartier, très copain avec mon frère aîné. Je vais lui demander de nous renseigner sur la mystérieuse visiteuse.

– De quelle façon ?

– Normalement, toutes les visites, parentales ou autres, sont consignées sur le registre de permanence. Il lui suffit d'ouvrir la page du 23 avril et de chercher le nom de la dame.

– J'ai déjà essayé cette piste et ça n'a pas donné.

– T'as vérifié sur le registre ?

– J'ai demandé au planton Kada de le faire pour moi.

– Quoi ? Kada est analphabète trilingue, il ne sait même pas reconnaître son propre nom sur une liste d'appel. Je vais toucher deux mots à notre ami Snouci. Il nous dira de quoi il retourne exactement.

– Nous aurons la réponse quand ?

– Lève le pied, Mo. Faut d'abord que je lui mette le grappin dessus. Y a des lustres que je l'ai perdu de vue.

– Salut, Job, ironisa 53 en me surprenant dans ma case au fond des bois.

Son intrusion m'exacerba autant que son sourire sardonique. De toute évidence, il commençait à en avoir assez de venir me chercher dans la forêt et de me trouver constamment retranché derrière une attitude d'ermite constipé, moi qui, d'habitude, pétais le feu pour des prunes. Ma verve tapageuse devait lui manquer.

Il écarta avec hargne le branchage qui camouflait l'entrée de ma planque.

– Ça va durer longtemps, ton numéro ?

– C'est quoi ton problème ?

– C'est toi qui poses problème. T'es en train de te laisser prendre à ton propre piège, Mo, je te préviens. Ta gueule ne me dit rien qui vaille.

– Ma gueule ?…

– Ouais, ta gueule. Elle est à débander un tank. Et ça te donne l'air con.

Ses propos me transperçaient de part et d'autre telles des estocades, accentuant la colère en train de gronder en moi.

– Est-ce que tu m'as entendu me plaindre de quoi que ce soit ?

– T'es déjà à plaindre, Mo. Même Job rendrait le tablier.

Il se rendit compte qu'il ne faisait qu'aggraver les choses et consentit à me lâcher du lest. Il s'assit sur un gros caillou, s'empara d'une branche morte et, après un soupir interminable, il entreprit de dévaster un trou dans le sol.

– Je crois savoir qui elle est, lâcha-t-il d'un coup.

Ma pomme d'Adam me racla la gorge.

53, qui me surveillait de guingois, ajouta :

– Elle s'appelle Hawa… Hawa Sid Tami.

Je restai sur mes gardes.

– C'est pas une blague, m'assura-t-il.

– T'as intérêt.

– Le jour où tu l'as vue, elle venait de confier son rejeton à notre école. Notre bonhomme est dans la 4e compagnie. Un p'tit Poucet ; il ne paie pas de mine.

– Tu lui as parlé ?

– Faudrait l'approcher, d'abord. Il déguerpit dès qu'on lève les yeux sur lui.

– T'as rien d'autre sur sa mère ?

– J'suis pas payé pour. T'as un nom et un prénom, et un point de repère. Le reste, ça dépend de toi. Normalement, ça doit suffire pour t'éveiller à toi-même. S'agit pas d'une pucelle en chaleur, mais d'une maman, mon gars. Elle est peut-être mariée et heureuse avec son jules. Tu devrais mettre les pieds dans de l'eau fraîche, mon gars. Cette dame n'est pas pour toi.

– Qu'est-ce que t'en sais, tiens ?

Il me regarda avec pitié :

– T'as vu la gueule que t'as, Mo, mon frère ? Même une guenon du zoo demanderait à réfléchir d'abord. À mon avis, tu fais exprès de jouer perdant. Mais là, t'es hors sujet. Ton truc ne tient pas la route. On a assez d'emmerdes comme ça, je t'assure. Deux avertissements la semaine dernière. Un de plus, et ce sera la boule à zéro plus trois jours de privation de vacances. Le jeu n'en vaut pas la chandelle, Mo. Retournons dans les rangs et oublions cette histoire à la con.

– C'est pas une histoire à la con, protestai-je. C'est mon histoire.

Excédé, 53 balança la branche par-dessus son épaule et se leva en époussetant son derrière.

– D'accord, Mo, conte-toi fleurette. Qui sait ? Un crapaud pourrait cacher un beau prince. Mais, pour l'amour du ciel, quand tu l'auras dans le baba, ne viens pas me demander de te tripoter le cul pour te soulager.

3

Il m'avait fallu des jours et des nuits pour familiariser Fouad Sid Tami avec ma silhouette, et des semaines pour pouvoir l'approcher. C'était un garçon d'une douzaine d'années, frêle et craintif, prêt à se volatiliser au moindre geste brusque. Il était beau, la peau transparente et les yeux d'un vert limpide. Solitaire, il se tenait le plus loin possible de la cour de récréation, souvent tapi dans l'ombre d'une cage d'escalier. Il avait l'air malheureux, terriblement mal à l'aise dans notre école aux allures d'arène, avec ces singes hurleurs en uniforme qui couraient dans tous les sens, la bouche plus grande que le juron et les prunelles chauffées à blanc, et ces instructeurs droits comme des i qui ne savaient ni s'attendrir ni calmer les esprits.

Une fois, je le surpris debout devant un grillage éventré donnant sur des vergers « civils ». Peut-être songeait-il à prendre la clef des champs. Mais, à l'instar de la majorité des Cadets, il y avait entre l'envie de déserter et le courage de faire le mur un gouffre insondable. Combien de fois, moi-même excédé par les agissements de mes camarades et l'abus d'autorité des sous-officiers, n'avais-je juré de prendre mes cliques et mes claques et de fiche le camp sans me retourner ? Au dernier moment, je prenais conscience de l'inconsistance de mes convictions et retournais dans les rangs prendre mon mal en patience. Fuir pour aller où ? Nos parents nous auraient reconduits en nous bottant le derrière ; et puis, il y avait toutes ces sanctions, les privations de sortie, les boules à zéro, l'orientation sur des écoles de sous-off... C'était ce qui dissuadait Fouad. De toute évidence, il savait tout sur les risques qui guettaient son petit pied de l'autre côté du grillage. Le règlement de l'école était clair.

– Ils te rattraperont, le mis-je en garde.

– Je sais, fit-il sans se retourner.

Il y avait, dans son soupir, une peine de quoi déclencher une bourrasque.

– D'autres ont osé franchir le pas. On les a retrouvés dans des gares perdues à grelotter de froid et à souffler dans leurs poings et on les a ramenés avec presque plus d'oreilles.

– C'est une école ou un bagne, s'écria-t-il excédé.

Le temps de relever la tête, Fouad n'était plus là. J'ignore comment il avait fait, c'était comme s'il s'était évanoui dans la nuit.

Mes tentatives de séduction échouèrent piteusement. J'étais trop maladroit et il était si fragile.

Je commençais à désespérer quand un soir, au sortir du cinéma de l'école, il m'aborda.

– T'es orphelin de guerre, toi aussi ?

Je reposai mon tabouret – la salle de projection de l'école ne disposant pas de chaises, chaque spectateur devait ramener un siège avec lui – et lui fis face.

C'était la première fois qu'il m'adressait la parole en premier et ça me désarçonnait un peu.

– Tu disais ?…

– Est-ce que tu es un orphelin de la guerre ?

– Qu'est-ce qui te fait supposer ça ?

– On dit que l'école des Cadets a été conçue pour recueillir les orphelins de la guerre.

– C'est à peu près ça. Ton père est mort pendant la Révolution ?

Il baissa la tête :

– Non… il est vivant. Il vit en France avec une autre femme.

Il avait dit ça très vite, comme s'il craignait d'y renoncer à la dernière seconde. En relevant la tête, probablement pour voir l'effet que son aveu produisait sur moi, il avait le regard brillant, comme délivré, mais cerné d'un chagrin tel que ma main partit d'elle-même soutenir la sienne.

Il retira vivement son bras.

De nouveau, son petit cou blanc ploya de lassitude :

– C'est vrai qu'il faut attendre des mois avant de pouvoir rentrer chez soi ?

– C'est exact. Les vacances scolaires sont trimestrielles. Mais tu as droit à de la visite autant de fois que tes parents le souhaitent.

– J'ai pas de parents, trancha-t-il.

– Tu as bien une maman.

– J'en ai plus… Elle m'a promis un tas de trucs et elle les a jamais tenus… Elle disait que cette école était formidable, que j'allais me faire un tas de copains et tout…

– C’est toi qui ne veux pas te faire de copains, Fouad.

– J’suis pas bien, dans cette caserne. Pas bien du tout, ajouta-t-il dans un soupir en s’en allant.

Je ramassai mon tabouret et me dépêchai pour le rattraper.

– C’est parce que t’es nouveau, lui dis-je. Au début, on est dépaysé, puis on s’y habitue. Mon père aussi m’avait raconté les mêmes bobards, que j’allais beaucoup aimer l’école, me faire des amis, apprendre un tas de trucs intéressants. Bien sûr, j’ai compris par la suite qu’il me menait en bateau. J’étais furieux et triste. Puis ça s’est tassé. J’ai commencé à me faire des potes, à déconner… Petit à petit, j’ai repris le dessus.

– Il est vivant, ton père ?

– Il est officier.

– Le mien était le directeur de la Jeunesse et des Sports, à Alger. Nous étions très bien, ma mère, lui et moi. Je ne sais ce qu’il lui a pris de tout foutre en l’air et d’aller en France épouser une roumia.

Ses yeux cherchèrent les miens dans l’obscurité.

– Mon père aussi nous a laissés tomber, ma mère et mes frères et sœurs, pour une autre femme, lui dis-je pour le rassurer.

– C’était une camarade d’école qu’il avait perdue de vue durant la guerre. Il l’avait aimée avant ma mère, je crois. Puis, il y a eu ce maudit congrès du Parti. Les journalistes rappliquaient des quatre coins du monde. Mon père était chargé de les accueillir. La roumia était là. Elle était devenue photographe de presse. Mon père était comme dans les vapes. Il rentrait à la maison et ne comprenait plus ce que ma mère lui disait. Il ne l'entendait même pas. Ça a duré des mois. Ma mère était aux abois. Elle sentait que quelque chose de grave se préparait. Je les ai entendus un soir se parler. Ma mère pleurait. Lui, il disait seulement qu'il était désolé. Le matin, il a sauté dans un avion et est parti rejoindre la roumia en France…

Soudain, il balança furieusement son tabouret dans un arbuste et fila droit sur le dortoir. Je ne cherchai pas à le rattraper. Il est des retraites qui ne trompent pas. Il ne fallait surtout pas s'y opposer. Je restai au beau milieu de la chaussée, interdit, et je le regardai s'éloigner sans se retourner. Il y avait dans sa fuite éperdue un désespoir qui me fendit le cœur tel un couperet.

Un soir, Fouad disparut. Je le cherchai partout, à l'infirmerie, à la bibliothèque, du côté des stades ; il n'était nulle part. Mon inquiétude s'accentua lorsque je ne le vis pas, non plus, dans le réfectoire à l'heure du souper. Quand le clairon sonna l'extinction des feux, nous sommant ainsi de rejoindre nos chambrées et de nous mettre au lit, mon inquiétude se mua en panique.

– Il se cache sûrement quelque part, me rassura 53.

– Ce n'est pas dans ses habitudes. Il lui est arrivé quelque chose, y a pas de doute.

– Dans ce cas, va le signaler au sous-officier de permanence.

C'était ce que j'avais l'intention de faire. Mais avant, il me fallait être sûr de ce que j'allais avancer. Si Fouad s'était blessé et se trouvait dans un coin, incapable d'appeler au secours ou de se traîner jusqu'à la cour scolaire, on pourrait donner l'alerte et déclencher une battue pour le retrouver – il arrivait souvent qu'un cadet se blesse dans la forêt. Par contre, si Fouad avait tout bonnement fait le mur pour descendre en ville, je passerais pour un mouchard, et mes camarades ne me feraient pas de cadeau.

Je rejoignis ma chambrée pour réfléchir. Une fois l'appel effectué, je me rhabillai et profitai de l'obscurité pour me faufiler jusqu'à la lisière des bois, une torche à la main. Fouad n'était pas dans la forêt. Je l'avais appelé à me déboîter la glotte ; hormis le cri d'une chouette, pas de réponse. Je revins du côté du grillage où je l'avais surpris une fois en train de contempler une faille. Personne. L'ouverture avait été rafistolée avec du fil de fer barbelé.

Je décidai d'alerter le sous-officier de permanence.

En regagnant le dortoir, je vis de la lumière au fond du bloc scolaire. À cette heure-ci, toutes les lumières devaient être éteintes et les classes fermées à double tour. Je m'approchai de la salle éclairée, jetai un coup d'œil à travers la vitre : Fouad était là, penché sur le bureau du professeur, un stylo dans la bouche et un tas de feuillets sous la main.

– Bon sang ! Ça fait des heures que je te cherche.

– J'étais là.

– Tu sais l'heure qu'il est ?

– Non.

– Tu n'as pas entendu sonner l'extinction des feux ?

– Non.

– On t'a sûrement porté absent sur le registre des appels.

Il haussa les épaules.

J'étais toutefois soulagé de le retrouver.

– C'est un devoir ? lui demandai-je en montrant du menton le tas de feuillets.

– Non.

– Une dissertation ?

– Une lettre… Je suis en train d'écrire une lettre pour ma mère.

– Je vois plusieurs feuilles, lui fis-je remarquer, sceptique.

– J'ai pas mal de choses sur le cœur.

– Je vois.

Il ramassa ses feuilles, les tapota contre le bureau pour les niveler et les reposa sur le côté de façon à ce que je ne puisse pas lire ce qu'il avait écrit dessus.

– À ta place, j'éviterais de dire des saloperies sur l'école et les instructeurs.

– Ma mère doit savoir qu'elle m'a menti, que cette école est triste à mourir.

– Oui, mais pas dans une lettre. Ici, le courrier est lu par la direction ; celui que l'on reçoit et celui que l'on envoie.

Il fronça les sourcils.

– C'est le règlement, Fouad. Il est interdit de coller les enveloppes avant de les poster. Comme ça, les lecteurs de la direction ne seront pas obligés de les déchirer. Tout ce que nous écrivons à nos parents est passé au peigne fin. La moindre allusion aux exactions qui sévissent dans le cantonnement, la moindre critique du régime scolaire est repérée, et son auteur sévèrement puni. Si tu veux vraiment te plaindre à ta maman, attends de rentrer chez toi pendant les vacances.

Il était comme tétanisé.

– Je ne tiendrai pas jusqu'aux vacances, gémit-il. Il faut que ma mère sache que je ne suis pas bien dans cette foutue caserne, et le plus tôt sera le mieux…

Il plia soigneusement les feuillets et les introduisit dans une grande enveloppe jaune.

– Je trouverai bien une solution, grogna-t-il.

– Laquelle ? Si tu penses faire le mur pour aller la poster en ville, d'autres ont eu la même idée que toi et l'ont payé cher. La direction a des lecteurs jusque dans la poste de la ville.

Sa colère décupla. Mes propos l'exacerbaient. Je vis ses épaules se contracter, ses lèvres se charger de dépit.

– Ta mère habite où ?

– À Blida.

– C'est pas loin. Une vingtaine de kilomètres, c'est pas la mer à boire.

Ne voyant pas où je voulais en venir, il se prit les tempes entre les mains et attendit de se calmer.

– Si tu veux, je peux la porter en mains propres à ta mère, lui proposai-je tout de go. C'est la seule solution.

Il releva vivement la tête, me considéra avec une intensité telle que j'en déglutis.

– Tu ferais ça pour moi ?

– Les amis sont faits pour ça, Fouad. Tu n'as qu'à m'indiquer l'adresse.

Je ne fermai pas l'œil de la nuit. Étendu sur mon lit, tout habillé, je n'arrêtais pas de fixer le plafond. J'allais enfin revoir la femme qui avait tout chamboulé en moi. J'échafaudais des plans invraisemblables pour tromper la vigilance des instructeurs et me rendre à Blida sans me faire prendre. Au début, je voulus partir dès le lendemain, mais j'avais un devoir surveillé en histoire-géo et mon absence n'avait aucune chance de passer inaperçue. Finalement, j'optai pour le jeudi après-midi. L'école accueillait le championnat scolaire de handball. Il allait y avoir foule car les lycéens civils arrivaient en masse chez nous, beaucoup plus pour voir où et comment vivaient les cadets que pour supporter leurs équipes. Notre école avait toujours fasciné les étrangers, et les rumeurs les plus farfelues se chargeaient de la rendre plus excitante encore.

Le jeudi, après le déjeuner, au moment où les premiers autocars commençaient à faire crisser le cailloutis du parking, je mis le cap sur les bois. Fouad m'accompagna jusqu'à ma case, au fond de la forêt. C'était là où je cachais ma tenue civile, sévèrement ficelée dans un sac en plastique pour la protéger de la pluie. À l'école, les habits de la ville étaient interdits ; tout vêtement non réglementaire était confisqué et son détenteur mis aux arrêts.

Je me changeai en vitesse, remis mon treillis et

mes rangers dans le sac, glissai la lettre de Fouad sous ma chemise et fonçai à travers la forêt jusqu'aux vergers voisins, de l'autre côté des grillages.

Je mis une heure pour atteindre les champs sur la colline, scrutant les alentours à l'affût d'une silhouette suspecte. Une fois en aval, je pouvais enfin me détendre un peu. Un paysan accepta de me transporter sur son tracteur jusqu'à la route bitumée. Il comprit tout de suite d'où je venais et n'en fit aucun commentaire. Les cadets empruntaient généralement les mêmes sentiers lorsqu'ils faisaient le mur pour rejoindre Blida.

J'atteignis la ville des Roses une demi-heure après l'appel du muezzin. Un conducteur de fourgonnette m'avait ramassé sur le bord de la route et m'avait même proposé de me conduire à Alger si je voulais.

– Non, merci. Je dois rendre visite à une parente qui habite à cette adresse, lui dis-je en lui montrant l'enveloppe. J'sais pas où ça se trouve.

– Désolé, p'tit, j'suis pas d'ici, moi non plus. Mais on demandera.

Le chauffeur finit par me déposer dans le quartier en question. Fouad m'avait à peu près décrit les parages. C'est derrière une petite église transformée en bibliothèque, m'expliquait-il. Il y a un fleuriste sur la gauche, tu suis la rue tout droit, et au bout, tu tombes sur un square avec des bancs peints en vert. Notre maison est juste en face, au numéro 13.

J'arrivai au n° 13… Quel ne fut pas mon choc quand je reconnus la 403 noire du capitaine garée devant l'entrée ! Terrifié et outré à la fois, je me cachai derrière un arbre dans le square et priai à perdre haleine pour que la 403 disparaisse de ma vue. Maintenant que j'étais à deux doigts de revoir la femme qui m'habitait corps et âme, je souffrais de ne pouvoir cogner à sa porte. Je m'imaginais lui remettant en mains propres la lettre de son rejeton, le cœur battant la chamade. Oserais-je lever les yeux sur elle, soutenir son regard ? Comment allait-elle réagir ? M'inviterait-elle à entrer, à prendre place sur une chaise ; m'offrirait-elle une boisson glacée ou un thé ? J'étais fou furieux contre la poisse qui gâchait mes rêves, contre la voiture qui me barrait le chemin, qui m'empêchait de rejoindre mon fantasme. Des heures durant, affamé, la gorge aride, je restai derrière l'arbre, la lettre de Fouad dans la poche intérieure de ma veste, à attendre qu'un coup de vent emporte au loin cette maudite Peugeot. Vers le soir, tandis que le soleil glissait subrepticement derrière la carrure impressionnante de Chréa, je compris que j'étais en train de perdre mon temps. Si ça se trouvait, le capitaine et la mère de Fouad étaient amants ; ils allaient peut-être passer la nuit ensemble. À quoi bon insister ? Le dernier autocar pour Koléa était pour bientôt ; la nuit, les automobilistes se méfiaient des auto-stoppeurs. La mort dans l'âme, je décidai de rentrer. Mais avant, avec mon canif, j'avais crevé les quatre roues de la 403, et sans le cri d'un voisin sortant sa poubelle, j'aurais esquinté le rétroviseur et balafré le capot.

4

– Ne mens pas, hurle le capitaine en me catapultant contre le mur. On t'a vu porter tes sales pattes sur ma voiture. Le voisin t'a formellement identifié. Une tête de rat flanquée d'une paire de lunettes cerclées, et qui détalait comme une gerboise. Pas besoin de consulter une cartomancienne pour deviner de qui il s'agit... Petite crotte, est-ce que je peux savoir : un ; ce que tu foutais à Blida un jeudi après-midi ? Deux ; ce que tu fichais dans ce quartier tranquille ? Trois ; ce qui t'a pris de mettre à plat les quatre roues de ma bagnole ?

J'avais la gueule assez amochée et les mâchoires sérieusement ébranlées pour parvenir à prononcer quoi que ce soit. Le capitaine était hors de lui. Un moment, j'avais cru qu'il allait me tuer. Ses gifles résonnaient contre mes tempes telles des massues. Plus je chavirais sous les coups, et plus il redoublait de férocité. J'avais toujours soupçonné qu'il ne me portait pas dans son cœur, et là il mettait un point d'honneur à me le confirmer. Quand le caporal était venu m'annoncer que le capitaine m'attendait de pied ferme dans son bureau, j'avais pensé que c'était encore pour des broutilles. J'étais à mille lieues de soupçonner qu'il savait. Comment avait-il fait ? Son histoire de voisin ne tenait pas la route. Il faisait noir, et j'avais pris mes jambes au cou avant que l'autre devine ce que j'étais en train de fabriquer. Comment le capitaine avait-il fait pour me mettre le grappin dessus en moins de deux jours ? Quelqu'un m'avait sans doute trahi car, à mon retour de Blida, la rage qui me bouffait les tripes m'avait poussé à révéler des trucs qu'il me fallait absolument taire. Une de mes confidences avait dû traîner là où il ne fallait pas ; la délation est aussi vieille que le monde. Des mois et des mois plus tard, j'avais cherché où j'avais gaffé, qui aurait pu me balancer ; jamais je n'avais réussi à lever le gibier.

Je fus traduit devant le conseil de discipline qui me condamna à six mois de privation de quartier libre assortis d'une boule à zéro renouvelable, et à une semaine de privation de vacances. En attendant, je fus convié à dix jours d'arrêt de rigueur, le temps pour moi de mesurer la gravité de mes méfaits. Il fut même question, devant mon cas désespérant, de m'orienter sur une école de sous-officier car je n'avais ni le poids ni la taille d'un futur commandeur et, de toute évidence, aucune chance de me ressaisir.

Fouad estimait que je lui avais menti, que je n'étais jamais allé à Blida, et que toute cette mascarade consistait à abuser de sa confiance et à lire en secret la lettre qu'il avait écrite à sa mère. Il en était tellement convaincu que je n'avais pas insisté. La guigne qui me collait aux trousses m'avait appris à ne pas trop insister. Ça faisait partie des règles du jeu ; pourquoi chercher à récupérer ce qui était perdu d'avance. Fouad ne m'adressa plus la parole et m'évita comme la peste. À chaque fois qu'il me croisait sur sa route, il détournait le visage et pressait le pas pour s'éloigner.

Vinrent les vacances scolaires. Une belle pagaille que le départ en vacances. Les cadets entraient en transe. La veille, ils laissaient éclater leur joie comme des forcenés puis, en un tournemain, ils rangeaient leurs affaires, et hop ! ils se volatilisaient. L'école alors ressemblait à une planète sinistrée. Hormis quelques misérables « interdits de congé », c'était la déréliction à perte de vue. Le troisième jour, nous n'étions plus qu'une poignée de punis à errer dans nos dortoirs vides, tels des fantômes. Le cinquième jour, je restai seul. Seul et tellement inutile. Un instructeur venait de temps à autre vérifier si j'étais toujours là, si le silence du cantonnement ne m'avait pas rendu fou, si je n'étais pas en train de me balancer au bout d'une corde. Lorsque le sous-officier de permanence m'annonça que ma peine était purgée et que je pouvais passer prendre mon titre de permission pour rentrer à Oran, j'étais sur le point de péter les plombs. Sans enthousiasme, je m'étais défait de ma tunique de brebis galeuse et j'avais sauté dans le premier autocar pour Blida. Curieusement, alors que j'attendais mon train à la gare, pas une fois je n'avais cédé à la tentation de retourner dans le quartier où Fouad et sa mère habitaient. C'était comme si plus rien ne m'enchantait plus. Je subissais la méprise de Fouad comme un cas de conscience ; je l'avais blessé ; jamais je n'avais vu d'yeux aussi affligés que lorsqu'il m'avait accusé d'avoir trahi sa confiance. Sa déception me persécuta partout où je me rendais, gâchant ainsi les quelques jours passés auprès de ma famille et les moments de répit que j'espérais m'offrir sur la terrasse des cafés. Le soir, impossible de fermer l'œil sans retrouver le minois outré de Fouad. Le matin, je me levais avec le même chagrin. Je n'arrêtais pas d'aller sur le front de mer contempler le va-et-vient des bateaux. J'étais triste à mourir.

De retour à Koléa, je constatai que Fouad n'était pas rentré de vacances. Une semaine plus tard, un instructeur vint dans sa chambre chercher ses affaires. Il nous apprit que le petit ne reviendrait plus, que sa mère l'avait retiré de l'école.

À la fin de la même semaine, malgré la sanction qui pesait encore sur moi, je fis le mur et me rendis à Blida en auto-stop. Le pavillon n° 13, en face du square, ne répondit pas lorsque j'appuyai sur son carillon. Je sonnai, sonnai à m'esquinter l'index. À bout, je me laissai choir sur le perron et pris ma tête à deux mains. Je crois m'être assoupi car le soir tombait déjà quand une voisine me réveilla.

– Ne reste pas ici, petit.

– Pourquoi personne ne me répond pas ? lui demandai-je en me remettant à tripoter le carillon du n° 13.

– C'est parce que la maison est vide. Le papa est revenu. Il a pris sa femme et son gosse, et tous les trois sont partis en France. Pour de bon. Ils ont cédé leur maison pour une bouchée de pain tant ils étaient pressés de s'en aller.

J'ignore si c'était déjà la nuit, mais jamais Blida ne m'avait paru aussi abyssal et les lendemains aussi ténébreux. J'étais rentré à Koléa comme une épave dont aucun flot ne voulait. Misérable. Pauvre. Aveugle. Et nu. Des années durant, je m'en étais voulu de m'être laissé aller de la sorte, d'avoir fait tout un plat d'un amour platonique qui n'aurait pas dû avoir lieu. Comment avais-je pu tomber dans mon propre piège ? Qu'avais-je cherché à prouver ? Aujourd'hui encore je me pose la question. Comment une femme à peine entrevue était-elle devenue, dans mon esprit, plus intense qu'une obsession, aussi vaste que l'horizon. Bien sûr, entre deux évocations, il m'arrive d'en rire aux larmes, et pourtant, lorsque le rire s'essouffle, les larmes voilent longtemps après mon regard. Il est des histoires qui dépassent l'entendement ; celle que j'ai contractée violemment en sortant de la prison scolaire, il y a près de quarante ans, m'échappera toujours. Souvent, tandis que je parcours la France à la rencontre de mon lectorat, alors que je découvre de nouveaux visages dans les salles qui m'accueillent, je me surprends à chercher celui de Hawa. Malgré les décennies qui séparent notre première et unique rencontre – notre première et unique éclipse –, je suis absolument certain de le reconnaître du premier coup. Qu'est-elle devenue ? Où est-elle ? Est-elle encore de ce monde, dans ce pays, ou bien a-t-elle mis le cap sur d'autres contrées ? Je l'ignore. Tout ce que je sais est que je ne me ferais guère à l'idée qu'elle relève de l'histoire ancienne, d'un dérapage affectif, d'une fabulation de galopin en mal de tendresse ; pour rien au monde je ne souhaiterais tourner une page que je n'avais pas eu le temps d'écrire et dont la blancheur symbolise la virginité de mes plus intimes pensées, l'innocence de mes plus violents désirs. Parfois, à la fin d'une séance de signature ou bien après un entretien avec mon public, à Toulouse, à Lamballe ou ailleurs, en entendant une lectrice retardataire se dépêcher pour me rattraper, son bouquin à dédicacer contre sa poitrine, je m'arrête et me retourne. L'espace d'une fraction de seconde, aussi absurde que cela puisse paraître, mon cœur frémit plus fort que d'habitude, et je m'entends me demander… et si c'était elle ?

MON BROOKLYN
DE QUATRE SOUS

Enfant, je voulais devenir espionne internationale. Mais à cette époque-là, c'est-à-dire dans les années soixante, je n'étais guère qu'une petite pisseuse. Le mot est à prendre au pied de la lettre. Ma copine Marie-Pierre et moi inondions nos dessous avec constance. La crise s'abattait sur nous sans merci. Les convulsions montaient, impitoyables, jusqu'à nous faire perdre l'équilibre et rouler telles des coques de noix dans l'océan de la rigolade. Rugissements, grimaces, suffocations, râles, et les larmes comme premiers legs d'humidité. Pantelantes, il ne nous restait plus qu'à constater que nous avions une fois de plus ruiné nos culottes. Et en beauté. Nous étions des artistes de la liaison zygomatique périnée, des Ondine de compétition et, à défaut de redoutables espionnes, des pisseuses de niveau international.

Nos marées se produisaient partout. Chez Marie-Pierre, chez mes parents. Dans la Peugeot familiale, dans la rue sur les pas des gamins du quartier. Et en visite à Paris, chez ma grand-mère paternelle. Elle s'était remariée avec un homme qui faisait des affaires. Il souhaitait que je l'appelle oncle Pascal et aimait répéter qu'il avait pris le champagne avec Mistinguett et vendu des masques à gaz pendant la guerre. J'expliquais à mes copines que mamy (ma grand-mère refusait catégoriquement le qualificatif de mémé) vivait dans le 16e arrondissement ; un mot mystérieux qui leur faisait imaginer la capitale divisée en cercles. Elles n'étaient pas toutes aussi futées que Marie-Pierre et ne se posaient pas la question de savoir ce que devenaient les chutes, une fois Paris découpé en vingt ronds trop nets pour être honnêtes.

Les jours où nous emmenions Marie-Pierre en visite, les chaises en satin rose de mamy pouvaient se faire du mouron. Nous commencions généralement à glousser entre Thionville et Metz, et lorsque la Peugeot empruntait la nationale bifurquant vers Paris, l'ambiance était à la franche gaieté. À l'arrivée, nos jupes de gros drap dissimulaient les dégâts des eaux et il était hors de question d'avouer à mes parents que nous avions eu un accident de parcours. Les petites pisseuses ont leur fierté. Lorsque nous quittions mamy et son affairiste, ma chaise en satin avait gagné un arrondissement qui avait exactement la forme de mon derrière ; c'était le vingt-et-unième mais personne n'était au courant de son existence. À part Marie-Pierre bien sûr, laquelle abandonnait la même empreinte de postérieur à la postérité. Dans les années soixante, les repas de famille ne s'envisageaient pas sans un solide gigot et de grandes serviettes blanches en coton bien couvrantes. La mienne dissimulait le cercle rose foncé et j'espérais dans ma naïveté d'enfant que la bonne de mamy l'oublierait, jusqu'à ce que le temps transmute le vingt-et-unième arrondissement en une auréole, mais dans un genre plus discret que celles des saints du missel de mémé.

Ma grand-mère maternelle se faisait appeler mémé et plus exactement mémé Madeleine. J'aimais faire sonner ce double M à la moindre occasion. Mémé Madeleine n'avait ni chaise de satin ni bonne, et Marie-Pierre et moi prenions garde à ne rien humidifier chez elle. Elle avait déjà assez de travail avec mémé Jeanne, mon arrière-grand-mère frôlant les quatre-vingts printemps, et avec pépé Pol, mon grand-père à moitié paralysé. En prime, elle m'avait aussi. Mes parents faisaient les marchés, se levaient trop tôt et se couchaient trop tard pour avoir le temps de s'occuper de moi. Je vivais donc chez mes trois grands-parents pendant la semaine et ne rentrais chez mes deux géniteurs, rue de la Fauvette, que le week-end. Madeleine, Jeanne et Pol habitaient la Côte des Roses. Il y avait bien quelques buissons d'aubépine – l'emploi des pesticides n'était pas encore généralisé et les fleurs des champs avaient de la gueule et du culot puisqu'elles débordaient jusqu'aux abords des villes – mais de roses, point. Fleurissaient plutôt cubes de béton et gens du monde entier.

Il y avait des Polacks, des Ritals, des bicots. Du moins, c'est ainsi que mon grand-père présentait les choses, lui qui passait une bonne partie de son temps accoudé à la fenêtre, à surveiller cette humanité bigarrée avec une grosse paire de jumelles empruntée à l'armée. En guise de service militaire, son fils avait fait l'Algérie. Mon oncle André était revenu, avec tous ses membres et la fameuse paire de jumelles, mais une partie de son âme était restée à griller sous le soleil de l'oued. On n'avait jamais su laquelle. Mon oncle parlait peu et ne disait généralement que des conneries pour éviter nos questions. La guerre d'Algérie était restée en travers de la gorge de mon grand-père et il détestait me voir jouer « avec les bicots et les bicotes ». À cette époque-là, le politiquement correct existait encore moins que les pesticides. Les gens parlaient dru voire sale mais ça ne les empêchait pas de vivre ensemble.

Je n'étais qu'une jeune pisseuse mais j'avais tout de même compris que mon grand-père était raciste. Je l'aimais, de toute façon. Il nous arrivait de discuter de l'amour du prochain tous les deux. À neuf ans, je croyais en Dieu et il me semblait que ce que les curés nous racontaient au catéchisme pouvait être applicable dans la réalité. L'attaque cérébrale de pépé Pol lui avait endormi la moitié du corps dans le sens vertical et avalé la moitié de Dieu. La guerre de mon oncle avait englouti le reste.

J'allais à l'école avec nos voisins Fatima et Sadok. Ils étaient jumeaux. Dans une fratrie de onze enfants. Ces gamins, leurs parents et grand-mère vivaient dans un appartement identique à celui que mon trio de grands-parents, mon oncle et moi partagions. Sadok, je le trouvais très con. Fatima était intéressante et causante. Elle aurait pu qualifier pour entrer dans le club très fermé des pisseuses internationales mais il lui manquait le petit rien qui fait la championne. Il nous était arrivé d'inonder nos culottes de concert, cependant les explosions de foufounettes de Fatima étaient trop épisodiques et timides pour rivaliser avec les nôtres. Notre copine ne refusait jamais une bonne tranche de rigolade mais elle gardait son quant-à-soi et refusait de laisser couler sans vergogne les rivières jaunes de la joie.

Nous étions plus optimistes en ce qui concernait les talents potentiels de Stefania. Elle était ronde comme un arrondissement et portait des lunettes idoines. Et des nattes. Elle était née sur un bateau, ce qui était un peu bizarre pour une fille dont les parents étaient venus directement de Pologne, mais les incohérences de la géographie ne nous tracassaient guère. Stefania avait le pouvoir de la rigolade. Elle ne s'en servait pas tous les jours, mais quand elle l'invoquait, en général, ça faisait mal.

Nous ne pissions pas chez mémé Madeleine mais nous ne pissions pas non plus sur les bancs de bois de l'école. La maîtresse était trop belle pour ça. Elle avait une tête de squaw. Ses cheveux noirs étaient si longs et si lourds que j'aurais pu m'y cacher dans les moments mazouteux. C'était un adjectif que j'avais inventé pour désigner les coups du sort qui s'abattent sans qu'on ait eu le temps de les voir ramper. Les yeux de ma maîtresse étaient du même sombre tabac que ses cheveux et sa peau. Je crois bien que son sourire ressortait d'autant plus fort dans l'obscurité de sa beauté. Ses cheveux étaient séparés par une raie médiane. C'était très net et très soigné. Sa voix était assortie à ses cheveux. Jamais un octave de trop.

Elle portait souvent un pull à col roulé et une jupe à carreaux. Elle avait des formes formidables et nous rêvions toutes de devenir aussi élancées, rebondies et courbées ; le physique de ma maîtresse aurait été idéal pour une espionne internationale. Elle possédait également une belle voix et, d'ailleurs, c'était elle qui dirigeait la chorale. Elle montrait une nette préférence pour les Jacques. Elle nous apprenait les chansons rigolotes des Frères Jacques, appréciait le grand Brel et s'était aventurée dans le répertoire de Dutronc. Nous ne lui connaissions pas de fiancé. Elle nous paraissait bien âgée, au moins vingt ans, et nous pensions qu'il aurait été normal qu'un homme de sa génération l'attende à la sortie de l'école. Mais il n'y avait jamais personne.

Enfin, si. Le vendredi, jour de chorale, la sonnerie nous libérait à 5 heures 30 et nous trouvions mon oncle planté derrière la grille, les mains dans les poches, le regard un peu gommé. Depuis son retour de la guerre, il travaillait comme mécano dans un garage et venait m'attendre tous les vendredis. Pour dire la vérité, ça ne me faisait pas trop plaisir. J'aurais préféré la seule compagnie de Marie-Pierre, histoire de passer tranquillement en revue les menus événements de la semaine et de voir s'il y avait moyen de nous rejouer quelques scènes. Une connerie de Sadok, une nouvelle engueulade entre Stefania et Maria sur le thème « moi je suis plus polack que toi » (la naissance maritime de Stefania ne facilitait guère la recherche de pedigree).

Les retours avec l'oncle étaient silencieux. Marie-Pierre et moi pouffions bien à droite et à gauche pour libérer la vapeur mais tout ça restait trop raisonnable à notre goût. Le retour accompagné ne présentait qu'un avantage : l'évitement de baffes. Sadok pouvait se tenir en embuscade dans quelque sombre recoin et nous mitonner une dégelée, la présence de mon oncle avait tôt fait de refroidir son humeur vindicative. Idem pour la Folle. C'était une géante brune qui ne faisait rien de ses journées, si ce n'était de sillonner le quartier à grandes enjambées et conversation idoine avec les mauvais génies qui lui habitaient la tête. Un jour, elle m'avait coincée sur un banc. J'y riais avec Marie-Pierre. Elle avait fondu sur moi en hurlant et m'avait retravaillé la figure. Je m'étais recroquevillée sous ses coups de battoir et le moment mazouteux avait duré une éternité. J'étais rentrée en pleurs et depuis, je ne manquais jamais de regarder au-dessus de mon épaule. Avec André à mes côtés, je pouvais bénéficier d'un instant d'insouciance.

Ce jour-là, pour une fois, nous sommes rentrées sans lui. C'était le printemps, les aubépines étaient en fleurs et ma maîtresse avait échangé son pull à col roulé contre une blouse de coton bien échancrée. Comme d'habitude nous l'avons quittée à la grille de l'école, en même temps que mademoiselle Martin, la directrice. Une grande femme presque aussi vieille que mémé Madeleine, mais qui portait des tailleurs très serrés et des talons aiguilles, alors que mémé n'aimait que les blouses fleuries et les chaussures confortables. Mademoiselle Martin aimait discuter avec notre maîtresse et lui offrait souvent des cigarettes. Ma maîtresse attendait que tous les enfants soient partis pour rentrer à son tour chez elle. Ou chez l'amoureux secret qui l'attendait quelque part, dans notre imagination.

Marie-Pierre avait eu une mauvaise note en calcul. La mienne n'était pas terrible non plus mais je n'en faisais pas une cathédrale gothique en Vache qui rit parce que j'avais eu la meilleure note de la classe en rédaction. Marie-Pierre m'a proposé un détour par le square, histoire d'élaborer une stratégie pour déjouer une riposte paternelle. Le père de Marie-Pierre était un peu comme le mien, c'est-à-dire rarement là. Il sillonnait les routes de Lorraine pour vendre du matériel de jardin. Elle ne le voyait apparaître qu'en cas de coup dur. Une mauvaise note, matérialisation du père, une rouste. Et il reprenait sa tournée des amoureux de la pelouse. Une formule simple.

On a regardé les nains tourner. Il y avait celui de madame Rinaldi dans le rôle vedette. Un braillard qui avait toujours une limace verte scotchée aux narines. Observer les nains me donnait plus que jamais envie de devenir espionne internationale. Personne n'aurait osé demander à Mata Hari de surveiller des nains morveux sur un tourniquet. En gros, à neuf ans et des poussières, la maternité ne faisait pas partie de mes projets d'avenir.

– Qu'est-ce tu f'rais, à ma place ?

– Je sais pas, mon père me donne jamais de baffes.

– Ouais, mais si y t'en donnait ?

Une fille ambitionnant de devenir Mata Hari se devait de produire un plan impeccable pour contrer une attaque ennemie de cet acabit. Ma réputation était en jeu.

– Je lui dirais que c'est la faute de la grippe.

– Quelle grippe ?

– T'es malade, t'as la fièvre. Le calcul et la fièvre, ça fait pas bon ménage.

– Mon père est pas fou. Ma mère non plus. Elle sait se servir d'un thermomètre. Et elle ment jamais à mon père.

– Eh ben, tu lui dis que c'est à cause de Sadok.

– Quoi, Sadok ?

– Il t'a donné une baffe à la récré et, du coup, t'as perdu toute ta force de calcul.

– Mais c'est pas aujourd'hui que Sadok m'en a collé une.

– C'est qu'un demi-mensonge. Et puis ton père osera jamais aller voir celui de Sadok. Monsieur Araoui, tout le monde sait bien qu'il est pas commode.

– Et si mon père va voir la maîtresse ?

J'allais répliquer que la maîtresse ne se souviendrait pas des jours avec ou sans claques de Sadok lorsque j'ai aperçu mon oncle. Caché sous l'abribus, il scrutait la rue avec une paire de jumelles. Marie-Pierre continuait de parler de la fragilité de ma proposition. Et du fait qu'elle n'aimait pas mentir. Et que les rares fois où ça lui arrivait, son père s'en apercevait. Mon oncle est parti d'un pas vif vers l'école.

– Eh ! Tu m'écoutes ?

J'expliquai la situation. L'abribus, mon oncle, les jumelles, le pas vif. Avant que j'aie fini ma phrase, ma copine était déjà debout et me proposait de filer André.

– Pour une fois qu'y se passe un truc ! Allez, viens ! On va découvrir son secret.

Généralement, une espionne internationale a d'autres ambitions que de percer les secrets d'un oncle mais, faute de mieux, j'acceptai les propositions crapuleuses de Marie-Pierre et partis en courant derrière elle.

Mon oncle marchait vite. Mains dans les poches, jumelles dans le blouson, il nous a entraînées dans son sillage mystérieux. Et puis, il s'est penché vers le trottoir pour renouer son lacet. Marie-Pierre a désigné une silhouette au croisement avec le boulevard Joffre. J'ai reconnu notre maîtresse. Elle discutait avec la mère de Mario. Elle est rentrée chez elle et mon oncle a repris son chemin jusque Chez Roger. Il est resté un temps à regarder la façade de l'immeuble de ma maîtresse avant d'entrer dans le bar-tabac.

– Qu'est-ce qu'on fait ? m'a demandé Marie-Pierre, les yeux brillants.

Je n'étais pas trop sûre de moi. Mais je n'ai pas pu résister aux yeux pépites de Marie-Pierre.

– On passe devant le bar-tabac. Tu lorgnes à travers la vitrine et tu me dis si tu le vois.

Elle a lorgné. Mon oncle n'était pas dans la salle. J'ai alors proposé de confier une mission d'inspection à Isabelle, la fille de monsieur Roger, une deminaine qui avait abandonné le tourniquet depuis peu.

Ça nous a coûté trois Malabar mais Isabelle nous a appris que mon oncle avait acheté le *Réplo*, surnom affectueux du *Républicain lorrain*, et téléphonait en bas.

– Qu'est-ce qu'y disait ? a demandé Marie-Pierre.

– Rien. Il avait la main sur le micro et il écoutait. Et pis, il a raccroché, il a poussé un gros soupir et il a recommencé.

Marie-Pierre était excitée comme l'otarie affamée qu'on avait vue au cirque avec mémé Jeanne. Elle m'a suppliée de nous planquer dans les parages et d'attendre la sortie de mon oncle. C'est ce qu'on a fait. Manque de chance, on a vu mademoiselle Martin rappliquer, alors j'ai proposé à Marie-Pierre de venir boire un diabolo orgeat à la maison.

Mémé Madeleine cuisinait, mémé Jeanne crochetait un napperon, pépé Pol bougonnait parce que quelqu'un lui avait piqué ses jumelles. Mon oncle a fini par rentrer. Il a pris le *Réplo* et est allé le bouquiner dans les toilettes. Marie-Pierre et moi avons siroté notre diabolo en écoutant les adultes parler des petites histoires des gens du quartier. Monsieur et madame Weber s'étaient acheté une télé. C'était peut-être pour compenser les crises éthyliques de monsieur Weber et les yeux au beurre noir de madame Weber. Je me suis promis de chercher « éthylique » dans le dictionnaire, à l'occasion. Mon oncle a allumé la radio et s'est accoudé à la fenêtre en compagnie d'une cigarette. Quand j'ai raccompagné Marie-Pierre à la porte, les jumelles de l'armée étaient accrochées à la patère.

Dimanche, mes parents ont décidé qu'après la messe, la famille irait à Gérardmer pique-niquer au milieu des jonquilles. Ils ont proposé d'emmener Marie-Pierre. Mon oncle avait emprunté une voiture à son patron et véhiculait les grands-parents. Marie-Pierre et moi avons retrouvé la Peugeot et le pouvoir de la rigolade. On a saoulé mes parents avec nos rires de perdues. Et couru dans le pré aux jonquilles nous cacher derrière un fourré pour délivrer deux rivières de joie, juste à temps. Ma mère et mes grand-mères avaient préparé un pique-nique des plus convenables. La pièce-maîtresse était le diplomate de mémé Jeanne, une merveille à base de macarons. Mon père nous courait après pour nous prendre en photo. Mission impossible, il ne capturait que des grimaces. Tout le monde était content. Sauf mon oncle. Marie-Pierre n'arrêtait pas de lui jeter des regards à la dérobée. Elle tombait toujours sur un visage fermé. Pépé Pol a dit à mon oncle qu'il faudrait peut-être songer à inviter une mignonne la prochaine fois. André n'a rien répondu.

Le lundi suivant, je me suis retrouvée en haut d'un toboggan métaphysique. Je ne m'en rendais pas compte mais c'était glissade obligatoire. Le pouvoir de la rigolade a pris un direct dans le plexus. Les jonquilles sont devenues noires. D'un seul coup.

Dès l'arrivée à l'école, j'ai su que quelque chose clochait. Mademoiselle Martin tirait une tête de trois pieds de long. Une nouvelle maîtresse nous attendait dans la classe. Une blonde, avec des lunettes et une robe rouge. Mademoiselle Martin a demandé le silence. Pour une fois, elle l'a vite obtenu. Elle a employé de longues formules, a tourné autour du pot à désastre aussi longtemps que possible, et puis elle a tout lâché d'un coup. En deux dernières phrases assassines. Votre maîtresse a eu un accident. Elle est malheureusement décédée.

J'ai senti un fil électrique me travailler le haut de la cervelle. Le monde a pris la noirceur détaillée d'un cauchemar. Alors j'ai préféré tomber dans les pommes. Et c'est à ce moment-là que le champ de Gérardmer m'est apparu en rêve, avec toutes ses jonquilles passées au mazout.

Quelqu'un m'a récupérée à coups de claques ou d'eau, je ne sais plus. En tout cas, je me suis retrouvée à l'infirmerie où madame Robet, la nouvelle maîtresse, m'a fait ingurgiter un Aspro et m'a tenu la main. Je ne pouvais plus supporter la vue de sa robe rouge. Je me suis tournée vers le mur et j'ai pleuré.

Il a fallu tout raconter à mes grands-parents. Pépé Pol a posé ses jumelles sur la table de cuisine et j'ai vu que ses mains tremblaient. Ma grand-mère l'a aidé à s'allonger sur le canapé du salon. Nous avons dîné beaucoup plus tard que d'habitude. Pour la première fois, ma grand-mère est sortie avec moi à la nuit tombée, et nous avons fait le tour du quartier en parlant. En rentrant, nous avons appris que mon oncle était revenu pour repartir aussi sec, et comme un fou. Pépé lui avait raconté pour la maîtresse.

Quelques jours plus tard, je me suis fait alpaguer par Sadok.

– Minou, minou, minou ! Eh ! P'tit minou pourri !

Minou était le surnom que me donnait ma mère, et mon oncle l'avait largué un jour, sans y penser. Ce n'était pas tombé dans l'oreille d'un sourd.

– Va donc eh trou de balle !

Prise au dépourvu, je n'avais rien trouvé de mieux mais, pour Sadok, chaque occasion de lancer une partie de baffes était la bienvenue. J'ai esquivé la première claque. Pas fou, il a calculé aux petits oignons la trajectoire de la seconde. Et de la troisième. J'ai cru que ma tête allait concurrencer le Spoutnik. Je me suis servi de mes poings et de mes pieds pour riposter. Sadok ne s'est pas laissé faire. On s'est mis une rouste de compétition. On s'est retrouvés assis sur le trottoir, moi en pleurs, la tête sonnant comme une cloche de Pâques, lui en sueur.

– T'es rien qu'un minou abandonné ! Ta mère te laisse chez des vieux. Ton grand-père, c'est qu'un vieux schnock. Et un vieux dégueulasse ! Il insulte les Arabes mais ce qu'il préfère c'est mater les filles à poil sous la douche.

– Sac à rats, c'est que des bobards !

– À poil, j'te dis ! Et même que c'était la maîtresse !

– Sale menteur !

– Avec ses jumelles, il matait chez elle ! J'le jure !

On s'est insultés encore un bout de temps mais on était trop fatigués pour se remettre une avoine. Quand je suis rentrée à la maison, mes grands-parents écoutaient Fernand Reynaud à la radio.

Mon oncle n'était pas rentré du travail. Je suis allée me passer le visage sous l'eau du lavabo. J'ai réfléchi. On pouvait peut-être apercevoir les fenêtres de ma maîtresse depuis l'appartement de mes grands-parents. Mais à condition de se poster à la fenêtre de leur chambre. J'y suis allée en douce. Les jumelles étaient sur la table de chevet. Je les ai prises en tremblant et j'ai tiré une chaise devant la fenêtre pour être à la bonne hauteur. J'ai vu madame Cheffert nettoyer les vitres de sa salle de bains. Et la grande sœur Rinaldi se mettre des bigoudis. C'était clair comme de l'eau de roche.

J'ai reposé les jumelles et suis allée faire mes devoirs comme d'habitude, sur la table de la cuisine. Mon oncle est rentré et on a commencé à dîner. C'est à ce moment-là que le policier est arrivé.

Il portait une cravate bleue avec une grosse tache en plein milieu. Ma grand-mère lui a proposé un verre de rouge qu'il a refusé. On m'a fait sortir de la pièce mais je me suis débrouillée pour ne rien perdre de la conversation. Je m'étais confectionné un écouteur avec un pot de yaourt familial en carton. Un outil du tonnerre.

– Vous êtes bien André Mangin ?

– C'est ça.

– Et vous travaillez au garage Schneider ?

– Oui, je suis mécano.

– Vous commencez à six heures et vous quittez à cinq…

À ce moment-là, mon grand-père s'est interposé. Il a expliqué poliment qu'il était un ancien gendarme. Et il a demandé au policier de quel droit il s'autorisait à poser ces questions sans explications. Le policier a répliqué sec. Il a dit qu'il pouvait aussi embarquer mon oncle et lui faire passer la nuit au poste. Ma grand-mère a temporisé. Le policier a repris son interrogatoire.

– Vous connaissiez Juliette Alberti ?

– Non, enfin oui… C'était l'institutrice de ma nièce. Elle est morte.

– Plus exactement, elle a été défenestrée. On a retrouvé son corps dans la cour de son immeuble. Une chute de cinq étages. Vous êtes sûr que vous ne la connaissiez pas ?

– Oui, sûr.

– Eh bien, c'est bizarre parce qu'elle vous connaissait.

– Comment ça ? a demandé pépé Pol.

Mémé Madeleine s'en est mêlée : André n'avait rien à se reprocher. Et d'ailleurs, il lui suffisait de dire la vérité…

– Une de ses connaissances affirme que Juliette Alberti avait remarqué que vous la suiviez.

À partir de là, mon oncle est retombé dans le grand silence de son après-guerre. Le policier a essayé de l'en sortir. Mes grand-parents aussi, mais le policier a mis sa menace à exécution, et embarqué mon oncle au commissariat.

Cette nuit-là, j'ai repassé dans ma tête les détails dont je disposais. J'avais beau retourner les données en tous sens, rien n'effaçait le fait que Marie-Pierre et moi avions vu mon oncle espionner notre maîtresse. Et si c'était bien à elle que mon oncle passait ses coups de fil anonymes, depuis Chez Roger ? Ma maîtresse était une des rares personnes du quartier à posséder le téléphone.

J'ai imaginé mon oncle allongé sur une paillasse, à côté d'un broc ébréché, sous un soupirail d'où filtrait un maigre rayon de lune. La lecture récente du *Comte de Monte-Christo*, offert par mon cousin Jean-Philippe, m'avait marquée. J'ai visualisé aussi pépé Pol espionnant ma maîtresse à la jumelle. Les enfants ayant une capacité d'adaptation aux ennuis peu commune, j'ai fini par m'endormir, malgré les voix persistantes en provenance de la chambre de mes grands-parents.

Le dimanche suivant, il a fallu monter à Paris une fois de plus. Je comprenais mal cette fringale de gigot. Le trajet m'a paru long. Une fois à table, rien ne s'est arrangé. Mamy et l'oncle Pascal avaient invité un couple de vieux amis. Et effectivement, c'était les gens les plus vieux que j'aie rencontrés. « Ma petite bru de province », leur a dit mamy pour leur présenter maman. Ces gens se nommaient monsieur et madame Février. Marie-Pierre et moi aurions pu monter un sketch sur ce simple patronyme mais nous n'avons pas relevé le défi. Le cœur n'y était pas.

Au moment du café, mon père et l'affairiste se sont isolés au salon pour une longue discussion compliquée. Nous n'avions pas de pot de yaourt sous la main mais nos oreilles collées contre une porte ont suffi. En résumé, mon père aurait bien voulu s'acheter un camion-magasin pour éviter d'avoir à déballer sa marchandise sur des stands, à bout de bras, et de marché en marché. Il avait besoin d'un prêt. L'affairiste lui a expliqué que les temps étaient durs pour tout le monde. L'appartement dans lequel nous déjeunions avait été payé avec les cachets désormais évaporés de ma grand-mère. Il ne fallait pas se fier aux apparences.

Quand j'étais une naine à tourniquet, je croyais que mamy s'était payé son appartement avec des comprimés pharmaceutiques. Il m'a fallu quelques années pour comprendre que ma mamy de Paris avait été chanteuse d'opérette. L'oncle Pascal disait qu'elle avait une voix de cristal. Mais que la guerre de 39/45 avait brisé sa carrière dans l'œuf. Entre-temps, elle était devenue antiquaire. C'était une information dont nous pouvions être sûrs car l'appartement était décoré avec un tas de fourbi assez détérioré. Il y avait notamment une harpe dorée mais ni l'oncle Pascal ni mamy ne savaient en jouer. C'était très différent de l'appartement lorrain de mes parents où régnait le meuble fonctionnel en formica.

Sur la route du retour, l'ambiance dans la Peugeot était sinistre. Le temps m'a paru plus long que tous les temps trop longs auxquels j'avais déjà survécu. Mon père répétait qu'il ne mettrait pas les pieds à Paris de sitôt. Ma mère répétait dans le vide « Ma petite bru de province ! Ma petite bru de province ! Ah non mais quelle snob, ta mère ! ». J'ai fait un effort et me suis lancée dans une imitation de mamy et de ses vieux amis. Marie-Pierre a sauté sur l'occasion. Nous avons inondé nos culottes aux abords de Reims. Pour une fois, au lieu de la gêne habituelle, j'ai éprouvé un soulagement. J'ai même eu la sensation bizarre que cette belle incontinence allait diluer le mazout.

Profitant de notre hilarité, ma mère a livré quelques infos à mon père à mi-voix. J'ai réussi à capter l'essentiel. La police avait relâché André mais ne comptait pas en rester là. Ma mère essayait de convaincre mon père de faire parler mon oncle. Entre hommes, ça devrait être plus facile. Papa a répliqué : « entre hommes, peut-être, mais entre un homme et une carpe, pas sûr ».

Le lendemain, je me suis réveillée rue de la Fauvette, dans l'appartement vide. En réchauffant mon chocolat sur la gazinière, je me suis mise à penser à mon oncle. Le policier à la cravate tachée nous l'avait rendu et j'étais très contente pour lui. Même si mon oncle était un peu bizarre depuis son retour d'Algérie, je ne pouvais pas l'imaginer faisant du mal à ma maîtresse. Évidemment, il avait dû la trouver bien jolie. Personne ne pouvait trouver ma maîtresse moche. Elle était la plus belle personne que j'aie jamais vue et sa beauté n'avait d'égale que sa douceur. Marie-Pierre et moi avions déjà brûlé plusieurs bougies pour elle à l'église. C'est à ce moment-là que j'ai entendu la sonnette. J'ai sursauté. Comme il me manquait quelques centimètres pour atteindre l'œilleton, j'ai demandé qui était là.

– C'est l'inspecteur Scharff. Du commissariat de Thionville.

– Mes parents sont au travail.

– Ah, bon, alors je reviendrai ce soir.

J'ai entendu ses pas se diluer. La police rue de la

Fauvette, c'était du jamais-vu. Mon cœur battait fort et je ne savais pas analyser l'effet que me faisait l'événement. Des pas et un nouveau coup de sonnette.

– C'est encore l'inspecteur Scharff, petite ! Finalement, je voudrais quand même te poser quelques questions.

Ma mère me répétait de ne jamais ouvrir à des inconnus. Mais l'inspecteur n'en était pas un. Je me souvenais bien de la forme de la tache sur sa cravate. Un minuscule arrondissement jaunâtre. J'ai ouvert. C'était bien lui. Il portait une cravate propre mais le même costume froissé. Il s'est accroupi pour être à ma hauteur et m'a parlé d'assez près. Son haleine sentait la cigarette et le café. Ce n'était pas agréable.

– Tu dois être très triste pour ta maîtresse.

– Oui.

– Tu l'aimais bien.

– Oui.

– Elle t'aimait bien aussi.

J'ai proposé d'aller à la cuisine. On s'est assis de chaque côté de la table en formica. La distance était plus confortable.

– Elle avait un journal intime. Tu sais ce que c'est ?

– Oui, je sais.

– Elle parle de toi, dedans. Il paraît que tu n'es pas forte en calcul mais que tu fais des rédactions sensass. Moi, c'était le contraire. Je n'aimais pas trop raconter des histoires. Je préférais la vérité. Ça n'a pas changé…

– Elle parlait de mon oncle, dans son journal ?

Mon père utilisait l'expression « comme deux ronds de flan » pour parler d'un visage étonné. Je n'en comprenais pas la signification exacte mais je sentais que ça convenait pour la tête de l'inspecteur.

– Euh… oui, elle en parlait.

– Elle disait qu'il la suivait dans la rue, c'est ça ?

– Euh… c'est à peu près ça.

– C'est pas lui qui l'a poussée par la fenêtre.

L'inspecteur Scharff avait maintenant les yeux en boules de loto. Une autre expression de mon père. Papa en avait des tonnes dans son camio-magasin de rêve. Il ne disait jamais « le camembert est fait à point » mais « le calendos se taille les riquettes » et jamais « je reprendrais bien un doigt de beaujolais » mais « file-moi donc une rallonge de pichtegorne ». J'étais une métisse, dans le fond, la rencontre entre une petite bru de province et un presque Parisien né à Issy-les-Moulinettes ou Moulineaux, je ne savais plus. Je n'avais jamais parlé à un adulte aussi directement qu'à l'inspecteur Scharff. Mais c'était un adulte d'un genre un peu spécial. Un poulet, un pensionnaire de la maison Poulaga, comme disait mon père. Ça m'inspirait.

– Explique-moi un peu pourquoi c'est pas lui.

– À cause des horreurs de la guerre.

– Quelle guerre ?

– Celle d'Algérie.

– Quel rapport ?

– Mon oncle a vu plein de choses moches là-bas. Il a pas envie que ça recommence. Et puis, il était trop timide pour oser lui parler.

Là, les yeux de l'inspecteur Scharff sont passés des boules de loto aux boutons de bottines. Une expression de mémé Jeanne cette fois, normal pour une petite dame née au XIXe siècle et éduquée à l'école du grand Jules Ferry. Je me suis dit qu'en voulant aider mon oncle, j'en avais trop dit. Alors, trop pour trop, je me suis lancée. J'avais passé pas mal d'heures à réfléchir à cette histoire. C'était le moment d'en parler à un professionnel. Un poulet ne valait pas un espion international mais puisque je n'avais que lui sous la main…

– Elle était la plus belle du quartier, et peut-être bien de la ville et de toute la Lorraine. Beaucoup mieux que les Reines de la Mirabelle qu'on voit dans le *Réplo*. Alors, forcément, elle attirait plein de gens. Mon oncle n'était sûrement pas le seul à la suivre dans la rue.

– Bon d'accord, il y a des inconnus planqués sous des initiales dans ce journal. Mais lui, on le reconnaît bien.

Je ne me suis pas démontée. L'inspecteur Scharff commençait à m'agacer avec ses questions qui avaient déjà toutes leurs réponses.

– Peut-être qu'il lui plaisait. Mon oncle ne parle pas beaucoup et il n'est pas rigolo mais je trouve qu'il est plutôt beau. Et puis il écoute la même musique que celle qu'aimait ma maîtresse. Je peux vous la chanter si vous voulez, c'est du Jacques Dutronc. Et il s'habille bien.

Je pensais : et il s'habille mieux que toi, l'inspecteur Scharff, dans ton costume pas lisse et tout gris. Mon oncle est pas causant mais il met des jeans comme un Américain et il porte des tee-shirts qui montrent ses muscles. Et il a même un blouson de cuir qui lui va drôlement bien. Et les paroles des chansons de Jacques Dutronc, il les connaît par cœur. *On nous cache tout, on nous dit rien / L'affaire trucmuche et l'affaire machin / Dont on ne retrouve pas l'assassin…*

– Il ne te parlait pas d'elle, par hasard, ton oncle ?

Je commençais à me demander si l'inspecteur Scharff n'était pas un peu dans le genre Sadok. C'était le premier pensionnaire de la maison Poulaga que je voyais de si près et il me décevait déjà. Je me suis contentée de le fixer sans rien dire. On est restés comme ça un moment, et puis je me suis souvenue qu'il fallait que j'ingurgite quelque chose avant de partir à l'école. Une dure journée de labeur m'attendait et la cantine n'était pas de première classe. Je me suis levée pour réchauffer mon chocolat. J'ai posé mon bol fumant sur la toile cirée. Et puis j'ai beurré deux biscottes, j'ai mis un peu de confiture dessus et j'en ai donné une à l'inspecteur. Il m'a refait ses billes de loto avant de prendre la biscotte, de bafouiller un merci et de mordre dedans. On a grignoté en silence. J'ai bu mon chocolat et dit qu'il fallait que je me lave les dents avant de filer à l'école. Il m'a suivi jusque dans la salle de bains. Je ne suis pas trop sûre d'avoir tout compris parce qu'il m'a parlé pendant que je me rinçais la bouche. J'ai cru l'entendre dire que ma maîtresse était effectivement la plus belle fille de la ville, jusqu'à ce qu'un salaud la pousse dans le vide.

L'inspecteur avait les yeux humides. J'ai pensé que c'était autre chose qu'un rhume.

– Vous la connaissiez, ma maîtresse ?

– Ouais, qu'il a répondu en se pinçant la base du nez avec deux doigts.

– Comment vous l'avez rencontrée ?

– Elle est venue au commissariat parce que quelqu'un lui avait piqué son Solex.

– Vous lui avez retrouvé son Solex ?

– Non.

– Et c'est tout ?

– Quoi, c'est tout ?

– Vous l'avez pas revue après ?

– Euh… non, pas vraiment. Enfin, un peu.

– Vous voulez encore une biscotte ?

– Non, ça va aller. Tu vas pas être en retard à l'école ?

– Si.

– Je t'accompagne. Je t'excuserai si ta maîtresse te dispute.

En chemin, l'inspecteur Scharff m'a demandé ce que je voulais devenir plus tard. Pour faire plaisir, j'ai dit détective, ça a eu l'air de lui plaire. Il ma proposé de venir visiter les locaux du commissariat de Thionville, à l'occasion. Je me suis dit que si ça sentait le café et le tabac froid, ce n'était peut-être pas la peine. En marchant vite, on regardait tous les deux vers l'horizon et l'inspecteur en a profité pour me faire une confidence.

– Elle était très gentille, ta maîtresse. Au lieu de m'envoyer sur les roses, elle m'a dit sans s'énerver qu'elle était amoureuse de quelqu'un d'autre. Et qu'elle était flattée que je l'aie remarquée et…

Là, il s'est tu un petit moment. Le temps qu'on arrive aux grilles de l'école. La sonnerie a retenti.

– J'en fais une affaire personnelle, tu comprends ? Une affaire personnelle.

On s'est regardés sans ciller, j'ai hoché la tête et piqué un sprint. Mademoiselle Martin attendait à l'entrée des classes, droite comme un piquet dans son tailleur tout serré et ses chaussures à talons aiguilles. D'habitude elle me dit toujours de ne pas courir, mais cette fois, elle n'a pas fait de remarque. On avait l'impression qu'elle n'avait pas beaucoup dormi.

Le vendredi soir, on a eu chorale. Mademoiselle Martin n'avait pas perdu de temps. Elle avait emprunté la vieille Thérèse au curé. L'organiste de Saint-Maximin nous a dit qu'elle ne comprenait rien à Jacques Dutronc et qu'on chanterait des classiques du répertoire français. On s'est régalé avec *En passant par la Lorraine* et *Malbrough s'en va-t-en guerre*. Quand la sonnerie a retenti, j'ai failli hurler de joie. Thérèse nous a retenus pour un petit discours. Elle nous a expliqué qu'elle n'était pas aussi moderne que notre maîtresse mais qu'elle mettrait tout son cœur à l'ouvrage et qu'il fallait qu'on soit généreux avec elle. Je ne sais pas ce qui m'a pris. Je suis sortie du rang et j'ai dit que le moins qu'on pouvait faire pour rendre hommage à notre maîtresse, c'était de continuer le bon travail commencé. Il était prévu de donner un concert aux parents, en fin d'année. Avec des chansons toutes plus chouettes les unes que les autres. Elle pouvait toujours nous interroger un par un. Aucun de nous ne voulait chanter *Malbrough s'en va-t-en guerre* et toutes ces vieilleries. Je me suis tournée vers mes camarades et j'ai attendu. C'est Marie-Pierre qui a parlé la première et puis Stefania et Fatima. Elles ont dit qu'elles étaient d'accord avec moi et qu'il fallait respecter les vœux de la maîtresse. Et puis tout à coup, Sadok s'en est mêlé et nous a soutenues. Une grande première. Jamais Sadok ne s'était intéressé à ce qui se passait en classe ou à la chorale.

La voix de la directrice a retenti. Elle avait entendu toute la discussion. La vieille Thérèse avait la figure encore plus ratatinée que d'habitude. La directrice a fait un laïus qui a réconcilié tout le monde. On garderait le répertoire en hommage à notre maîtresse disparue. Et ce serait impeccable grâce au talent considérable de Thérèse. Laquelle était trop modeste et saurait s'adapter à n'importe quel répertoire. On est sortis en trombe. J'ai remarqué que Sadok me lorgnait d'un drôle d'air. Mon oncle n'était pas derrière la grille. Pour une fois, je l'ai regretté. J'avais pris la décision de lui parler. Et notamment de la visite de l'inspecteur Scharff, que j'avais cachée à tout le monde et surtout à mes parents. Manque de chance, pépé Pol m'a appris que mon oncle était parti pour le week-end. De temps en temps, il arrondissait ses fins de mois en faisant le chauffeur de maître. Un gros ponte de l'industrie sidérurgique avait besoin de ses services. J'ai imaginé mon oncle avec une casquette, une cravate et un costume gris et me suis dit que ça ne devait pas l'avantager autant que ses blue-jeans américains.

Après le dîner, mes parents sont venus me chercher. Quand je suis montée en voiture, Sadok était sur mon banc favori. On a échangé un regard jusqu'à ce que mon père ait fini sa manœuvre.

Samedi après-midi, j'ai retrouvé Marie-Pierre, Stefania et Fatima dans la rue des commerces. On avait décidé de mettre nos économies en commun pour s'acheter un Cluedo. Le jeu était en vitrine. On a fait nos comptes. Il coûtait quatre mille francs. On n'en avait que trois mille deux cents. Fatima et Marie-Pierre ont commencé à s'enguirlander. J'ai attendu qu'elles se calment. J'ai senti qu'on me touchait l'épaule. C'était Sadok. Avec de l'argent dans sa main droite tendue.

– J'achète le jeu avec vous !

– Je croyais que tu jouais jamais avec des filles !

Il s'est contenté de me toiser. Il n'avait pas l'air plus commode que d'habitude mais ne semblait pas chercher l'occasion de me mettre une tripotée. De toute façon, les copines avaient déjà accepté sa proposition. Quand le marchand nous a demandé si on voulait un emballage cadeau, Sadok lui a répondu que c'était pour consommer tout de suite.

Et effectivement, il a insisté pour qu'on se trouve une bonne table de cuisine chez l'une ou l'autre. On est allés chez Stefania. Sa mère et sa grand-mère faisaient des confitures en parlant polonais mais elles ont accepté de nous céder la table. Et là, Sadok m'a étonnée. Il a joué comme un dieu et nous a mis la pâtée, en deux coups les gros comme dit mon père. Le colonel Moutarde avait tué monsieur Lenoir dans la bibliothèque avec un chandelier. Et c'était irréfutable. Quand mes copines ont rangé le jeu pour faire place aux tartines que nous proposait la grand-mère polonaise avec un accent à tuer un ours, Sadok m'a entraînée à l'écart.

– J'aurais jamais cru que tu la ramènerais comme ça à l'école. T'as des couilles, pour une fille.

– Merci du compliment.

– J'ai dit que ton grand-père était un vieux schnock, je retire.

J'ai hésité et me suis lancée. Depuis un petit moment, je me laissais partir sur le toboggan de la vie et ça ne me réussissait pas trop mal.

– Et pour la maîtresse, c'était un mensonge ?

– Nan ! C'est vrai. Ton pépé matait la maîtresse. Mon père aussi d'ailleurs. Au printemps, elle prenait ses douches fenêtre ouverte. Toujours à la même heure. En fin d'après-midi. Une fois dans la cabine, on voyait rien. Mais avant et après, si.

– Tu l'as vue, toi ?

– Ouais, mais il fallait des jumelles. Sans ça, macache. L'immeuble, il est trop loin.

– Mais pourquoi elle faisait ça, à ton avis ?

– Mon père dit que c'est parce qu'y a pas beaucoup de gens qui peuvent s'offrir la télé. Alors, la maîtresse, elle se dévouait.

– Il disait ça pour rire, ton père ?

– Ouais, il en rigolait avec mon oncle.

– Ah, parce que ton oncle, il venait voir aussi ?

– De temps en temps. Il avait pas que ça à faire, non plus. Il travaille dans la sidarurgie, c'est fatigant.

– La sidérurgie, tu veux dire ?

– Recommence pas à faire ta maline, hein ! On sait que t'es la meilleure en rédac.

– Tu peux être bon aussi, j'en suis sûre. En faisant un effort.

– Je m'en fous du français. Moi, plus tard, je piloterai des hélicoptères. Il faut être bon en calcul. Le reste, c'est pas la peine. Et toi, qu'est-ce que tu veux faire ?

J'étais devenue pote avec Sadok mais pour autant, je n'allais pas lui avouer tous mes secrets. Alors, cette histoire de salle de bains m'ayant inspirée, j'ai dit que je voulais devenir plombier.

On s'est débarrassé des jumeaux Araoui et de Stefania, et on a retrouvé notre banc. J'avais cru pouvoir retenir les informations top-secrètes mais ça débordait. Il me fallait les confier à Marie-Pierre. Je lui ai raconté la visite de l'inspecteur Scharff. J'ai parlé de la vue imprenable sur l'immeuble de notre maîtresse depuis celui de mes grands-parents. Et du fait que toute la Côte des Roses pouvait assister à la sortie de douche, sans s'attraper un torticolis, mais à condition d'avoir une bonne paire de jumelles.

– Avec ces gens qui passent leur temps à la fenêtre, quelqu'un a pu voir qui l'a poussée.

Marie-Pierre a hoché la tête avec énergie.

– Nan ! qu'elle a dit, catégorique.

– Et pourquoi ?

– T'as pas lu le *Réplo* ?

– Non, tout le monde me le pique et ensuite ma grand-mère met ses épluchures dedans.

– Trop bête, parce que dans le *Réplo* y disaient qu'elle était tombée de sa chambre.

– Pas de sa salle de bains ?

– Nan ! Et Sadok a bien parlé de la douche de fin d'après-midi…

– Oui, toujours à la même heure.

– La maîtresse est tombée un samedi, en début d'après-midi. Personne attendait à la fenêtre avec des jumelles. Le samedi, tout le monde a trop de trucs à faire.

Marie-Pierre avait ses moments. Il fallait bien l'admettre. Elle était penchée vers moi et me regardait droit dans les yeux. Et c'est pour cette raison que je n'ai pas repéré la Folle. L'attaque s'est abattue comme une mauvaise grêle. Mais cette fois, c'est Marie-Pierre qui a écopé. J'ai tambouriné de toutes mes forces sur le dos de la géante pendant qu'elle s'acharnait sur ma copine en poussant des grognements de singe. J'ai senti qu'on m'agrippait par le bras et j'ai cru, pendant un affreux moment, que la Folle avait une jumelle secrète et que les cloches de Pâques mazoutées allaient carillonner comme jamais. La dégelée s'est arrêtée bien plus vite que prévu. Mademoiselle Martin enlaçait la Folle de ses bras puissants. Mystérieusement, la géante avait récupéré l'air doux d'un mouton. Elles sont parties serrées l'une contre l'autre, la directrice parlait gentiment à la grande dingue qui se laissait cajoler. Pépé Pol était à sa fenêtre. Jumelles autour du cou, il était furax. Il avait assisté à toute la scène. Et c'est comme ça que nous avons appris que la Folle était la sœur de la directrice et que celle-ci refusait de la mettre à l'asile.

Ma grand-mère a consolé Marie-Pierre et lui a proposé de partager nos râpés. De délicieux beignets poireaux pommes de terre. Un des plats préférés de ma copine. Mon oncle n'avait pas plus d'appétit que moi et nous avons chipoté, au grand dam de mémé. Marie-Pierre est rentrée chez elle rassurée et je me suis faufilée dans la chambre de mon oncle, en fredonnant du Dutronc, pour l'amadouer. J'avais toute la soirée devant moi : mes parents avaient une braderie et me laissaient dormir chez mémé. Je ne savais pas comment aborder le sujet de ma maîtresse. Je me suis intéressée au ciel éclairé par une lune assez formidable, en espérant que ma posture déclencherait des confidences sur les passe-temps bizarres des adultes et les spectacles de salle de bains, mais mon oncle s'est contenté de dire que mon père trouverait à la lune un air de calendos, et notre conversation s'est arrêtée là.

Pour autant, je n'avais pas perdu mon temps. Sous la lune en fromage, on distinguait bien notre banc. Fatima et son frère y étaient installés et me faisaient de grands signes. J'ai négocié avec ma grand-mère pour qu'elle me laisse sortir cinq minutes.

– Pas trop tôt ! a dit Sadok.

– Qu'est-ce qui y a ?

– Ma sœur a un truc à te dire. Fatima, parle !

Ma copine s'est contentée de fondre en larmes.

Alors Sadok lui a allongé aussi sec un bourre-pif de course.

– C'est pour un sketch de baffes que tu me fais sortir la nuit ! T'es tout fou tout malade ou quoi ?

Entre deux sanglots, Fatima a raconté qu'elle avait vu mon oncle dans l'immeuble de ma maîtresse. Le mauvais jour et au mauvais moment. Je n'ai pu articuler qu'un « ah » et il a fallu que je m'assoye. J'ai demandé à Fatima ce qu'elle faisait dans l'immeuble de la maîtresse. Et appris que, coursée par la Folle, elle avait trouvé refuge dans la cage d'escalier. Peine perdue, Fatima avait quand même eu droit à son avoine. Sadok a craché par terre en jurant qu'il ne dirait jamais rien à personne, et surtout pas à ces foutus poulets. Même si mon oncle avait tué la maîtresse, mon oncle c'était mon oncle.

– Mais mon oncle a pas tué la maîtresse ! j'ai dit.

Ils m'ont regardée en silence.

– Non, c'est pas lui ! j'ai insisté.

– Ouais, pas grave, a dit Sadok en faisant mine de tirer une fermeture-éclair sur sa bouche.

Je suis rentrée chez mémé.

Elle faisait la vaisselle. Mon oncle et mon grand-père écoutaient la radio. J'ai tourné autour d'eux en me demandant comment j'allais bien pouvoir leur causer de tout ça. Je n'ai pas trouvé.

Le week-end suivant, j'ai retrouvé Marie-Pierre dans le chantier de la Côte des Roses. La ville construisait un nouveau building et les pelleteuses nous avaient ouvert un gigantesque territoire apache.

Les buttes de terre nous faisaient des canyons de rêve et nous montions nos pur-sang à cru. Stefania et Maria sont venues faire les Comanches et nous avons pu nous mettre une belle tripotée. La pluie s'est mise de la partie. L'odeur de terre mouillée nous plaisait tant qu'on n'a plus vu le temps passer. On est rentrées transformées en taupes indiennes. Direction l'appart de mémé. C'était plus prudent.

Mémé nous a enguirlandées copieusement avant de nous coller dans le bac de la salle d'eau. Il faisait aussi bien office de baignoire que de lave-linge. Marie-Pierre n'a pas demandé son reste. Elle se doutait bien que si elle rentrait pareillement crottée, son père se matérialiserait dans les parages pour une rouste. C'était la première fois que je partageais le bac avec une copine. Nous en avons profité pour interpréter quelques sketches. Au bout d'un moment, la crise de rigolade n'arrivant pas, je me suis mise à parler de ce qui me tracassait. Pourquoi notre gentille maîtresse se montrait-elle toute nue aux gens du quartier ? Et qu'est-ce que mon oncle faisait dans son immeuble ? Le mauvais jour et à la mauvaise heure ? Marie-Pierre n'avait aucune réponse. En sortant, on est tombées nez à nez avec mon père. Il avait deux mots à dire à mon oncle. Ensuite, on irait retrouver maman. Les cousins venaient dîner.

– J'ai entendu votre conversation avec Marie-Pierre dans la salle d'eau, m'a dit mon père, une fois en route pour la maison.

Je n'ai rien répondu.

– Je viens de parler à André. Tu sais, il aurait été incapable de faire du mal à ta maîtresse.

– Je sais bien. Mais qu'est-ce qu'il faisait là ?

– Il voulait sonner chez elle. Et puis, au dernier moment, il n'a pas osé et il est reparti. S'il raconte ça à la maison Poulaga, on ne le croira pas. Tu comprends ?

J'ai osé demander pourquoi la maîtresse laissait la fenêtre de sa salle de bains ouverte.

– Parce qu'elle savait qu'il la regardait.

– C'était pour mon oncle seulement, et pas pour les gens du quartier ?

– Oui, seulement pour lui.

– Mais pourquoi ?

– On ne le saura jamais. Je pense que c'est parce qu'il lui plaisait. Et qu'elle voulait le séduire…

– Mais pourquoi ne pas lui parler ?

– Elle voulait peut-être qu'il fasse le premier pas. Alors tous les moyens étaient bons. Peut-être qu'elle s'amusait aussi. On n'a pas tant d'occasions de distraction… Oh, et puis je ne sais pas.

Si mon père ne savait pas lui non plus, je n'avais aucune chance de comprendre les histoires des grandes personnes. Une seule chose était certaine, et elle était de taille. Nous étions au moins deux dans la famille à croire à l'innocence de mon oncle.

À notre retour rue de la Fauvette, mes cousins étaient déjà arrivés. Jean-Philippe et Marie-José travaillaient pour la télé luxembourgeoise et avaient toujours plein d'anecdotes à raconter. Comme d'habitude, ma mère avait préparé un poulet à la broche et des frites. Jean-Philippe la complimentait déjà pour les odeurs qui s'échappaient de sa cuisine. Il m'a tendu un bouquin. Il avait l'air de sortir d'une poubelle et la couverture montrait un monstre. Mes cousins étaient bien plus jeunes que mes parents mais adoraient les vieilleries et se meublaient aux puces. Ma mère n'arrivait pas à comprendre pourquoi ils n'aimaient pas le formica. Jean-Philippe m'a annoncé fièrement que c'était une édition assez rare de Frankenstein. J'ai laissé les adultes prendre l'apéritif et j'ai embarqué le monstre dans ma chambre. J'avais déjà une approche de la littérature fantastique avec les aventures de Fantômette, alors pourquoi pas ce vieux bouquin signé d'une certaine Mary Shelley. Je commençai ma lecture et ne l'interrompis que pour le dîner.

Le jeudi suivant, retrouvailles avec Marie-Pierre et Stefania au Palais. Le bâtiment ne servait qu'à abriter les pompes de la piscine mais, avec ses colonnes et son grand escalier, il nous semblait aussi beau que le château de Versailles. Et il nous permettait de jouer aux marquises à moindres frais. J'avais la tête farcie de rêves et il me semblait que l'histoire de Mary Shelley y était pour beaucoup. C'était bien la première fois qu'une lecture s'interposait dans mes jeux. Je proposai à Stefania et Marie-Pierre d'incorporer un personnage de monstre dans notre aventure à la cour du Roi-Soleil.

Je quittai mes copines avant le dîner. Aux abords de la rue commerçante, je rencontrai l'inspecteur Scharff. Il portait un filet à provisions d'où dépassait une baguette. Et il était occupé à en grignoter le croûton. Je n'aurais jamais imaginé un inspecteur de police incapable de résister à l'appel du croûton. Il a parlé de coïncidence. Avec le recul, je me dis que ces rencontres incessantes n'avaient rien de coïncidences. Nous habitions tous dans un quartier à la population bigarrée mais aux proportions modestes. De mon point de vue d'enfant, c'était une ville dans la ville. Un immense périmètre dont les rues étaient des avenues, les squares des parcs nationaux, les mottes de terre des montagnes et les abris à pompes des châteaux de légende. En réalité, ce n'était qu'un Brooklyn de quatre sous. Mais je ne m'en rendrais compte que bien plus tard.

L'inspecteur Scharff m'a proposé de venir boire une grenadine chez lui et je n'ai pas hésité une seconde. J'avais intuitivement compris que j'étais la seule personne à qui il pouvait faire des confidences à propos de son béguin pour ma maîtresse. Et que tous ces mots qu'il m'abandonnait lui faisaient grand bien. Et moi, j'apprenais des trucs.

Du linge séchait sur un radiateur mais l'inspecteur avait une télé, un téléphone, des plantes vertes et même une dizaine de livres. Il n'a pas fallu longtemps pour qu'il me parle de la maîtresse. Tout en l'écoutant, je suis allée jeter un coup d'œil par la fenêtre, histoire de vérifier si la vue sur la salle de bains de ma maîtresse était bonne. J'ai pu constater que non. Mais j'ai repéré un banc intéressant. Mademoiselle Martin et sa sœur l'occupaient. Une gamine est passée à vélo. La Folle s'est levée d'un bond et s'est mise à lui courir après. Mademoiselle Martin a crié. Sa sœur est revenue s'asseoir.

Je me suis tournée vers l'inspecteur. Il disait que ma maîtresse aurait peut-être fini par accepter de sortir avec lui. Il avait acheté le dernier Dutronc pour avoir un sujet de conversation. C'était vraiment du gâchis. Je me suis approchée de lui et j'ai attendu qu'il se taise un peu. Et je lui ai raconté l'histoire qui venait de faire pop dans ma tête.

Mademoiselle Martin a été arrêtée et personne n'a jamais su ce qu'était devenue sa sœur. Dans le quartier, on a raconté qu'elle avait été placée dans un hôpital spécialisé, à Metz.

Quelques jours après l'arrivée de notre nouvelle directrice, c'était la fête chez les Araoui. Sadok et son frère Badreddine allaient devenir des hommes. Du moins, c'est comme ça que Fatima nous avait expliqué la situation. Après leur circoncision, les deux frères auraient le droit d'accompagner leur père à la mosquée. Ils avaient revêtu des djellabas à fines rayures d'or. Badreddine n'avait pas l'air dans son assiette mais Sadok prenait son air de lion. Il s'est d'ailleurs mis à me courser en poussant des cris. Il m'a coincée sous une porte cochère. Je me suis dit que pour un garçon à qui on allait couper un bout de zizi, il était bien décontracté.

– Tu vas pas me mettre une rouste un jour comme aujourd'hui !

– Nan, idiote ! Je veux juste que tu me racontes comment t'as su. Pour la directrice, la maîtresse, la Folle et tout ça.

– C'est à cause de Frankenstein ! que je lui ai répondu, histoire de le faire mariner un peu (ses airs de lion m'avaient toujours plu et agacée à la fois).

J'ai pris mon temps pour lui parler de l'inspecteur Scharff et de son béguin pour la maîtresse. C'était presque une maladie, un béguin comme ça. Et mon oncle avait attrapé la même. Et la directrice aussi.

– J'aurais jamais cru qu'une femme pouvait avoir le béguin pour une autre, j'ai dit.

Sadok s'est contenté de rigoler. Maintenant qu'il allait devenir un homme, plus question de se laisser impressionner par les mystères de la vie. On s'est assis sur les marches et j'ai continué mon récit. Il y avait eu une histoire d'amour entre la maîtresse et la directrice. Mais la maîtresse était tombée amoureuse de mon oncle. Lui, tout abîmé par son après-guerre, n'avait rien compris à rien. Et il avait fallu que la maîtresse trouve un tas d'idées pour qu'il s'intéresse. Du coup, elle avait expliqué à la directrice qu'elle ne pouvait plus la voir. Alors la directrice en avait fait une énorme maladie. Et elle avait ordonné à sa sœur la Folle de pousser la maîtresse par la fenêtre.

– L'inspecteur Scharff dit que c'est logique. La directrice voulait « punir la maîtresse par où elle avait pêché ».

– Il est fort, l'inspecteur Scharff, mais tu m'as toujours pas dit comment, toi, t'as su ! Alors, vas-y ! Je sais pas si t'as remarqué, mais j'ai pas toute ma journée.

– Mon cousin m'a offert un vieux bouquin. Il raconte l'histoire d'un docteur qui invente un monstre. Et ce monstre, il fait tout ce que lui dit le docteur. Du moins au début. Et ça m'est venu comme ça. La directrice était la seule que sa sœur écoutait. Et le jour où Fatima a croisé mon oncle dans l'immeuble de la maîtresse, elle s'est justement pris une dégelée de la Folle.

Pour autant, je n'arrivais pas à comprendre pourquoi la directrice avait voulu faire du mal à la maîtresse. Puisqu'elle l'aimait. Bizarre, ça.

– Mais Scharff le poulet a compris, lui.

– Oui, il dit que c'est un truc de grande personne.

– Eh ben moi, j'étais sûr que c'était ton oncle.

– T'as pas le droit de dire ça ! Espèce de sac à rats !

– T'en veux une ?

– Non.

– Je disais ça pour rigoler. Toi, je te mettrai plus de baffes. Jamais.

– Merci.

– Y a pas de quoi.

Je ne suis pas devenue espionne internationale. Encore moins détective ou plombière. Je suis auteur de polar. Marie-Pierre, Sadok, Fatima, Stefania et l'inspecteur Scharff flottent encore dans ma mémoire, mais leurs contours se sont gommés, comme jadis les yeux de mon oncle. La maîtresse est le plus beau et le plus net de mes fantômes. Dieu s'est coupé en deux à la verticale et j'ai perdu ses morceaux, un à un, il y a longtemps déjà. Mais parfois, eh oui c'est fou quand on y pense, je pousse la porte d'une église et je fais brûler un cierge. C'est bien le moins que je puisse faire pour elle. Elle qui aimait tant mes rédactions.

Tokyo, mars 2005.

COMPAGNONS DES FORÊTS

pour Christine

Jurançon et Cie

Je rentrai dans le cercle fermé des Compagnons des forêts un 1er juillet. Nous devions planter nos tentes dans un bled des Pyrénées. Il y aurait garçons et filles mais chacun resterait chez soi. Les vacances se traîneraient trois semaines durant, consacrées à la marche, au camping, à la vie en groupe, aux veillées, bref, un nombre impressionnant de stupidités, mais celle que je n'attendais pas fut la messe du dimanche matin.

Je partageais ma tente avec cinq garçons qui débarquaient eux aussi aux Compagnons. Les frères Chassepot, notamment, que je reconnus comme mes semblables à l'issue d'une journée passée sous la tente. Nous décidâmes que la messe n'était pas prévue dans le contrat et que nous n'irions pas, point final. J'avais treize ans, les Chassepot quatorze, mais fallait pas nous faire chier. Le curé de la paroisse, qui traînait tel un vautour derrière la tente de Jeanjean, notre guide, capitula en grinçant des dents mais exigea que les petits et les filles se rendent à l'office dans un patelin ancré au bas d'une route vertigineuse. L'idée de devoir remonter la côte joua un grand rôle dans notre refus. En fait les Chassepot impressionnaient le curé car ils étaient d'origine africaine et l'homme pieux renonça à communiquer avec une fratrie non évangélisée.

Ce qui nous poussa à dévaler la pente infernale fut la révélation qu'un vin jaune de bonne facture, le jurançon, nous attendait à l'estaminet du village pyrénéen. Je n'ai plus le souvenir de la beuverie mais notre retour sur le bitume assassin relève encore pour moi de l'exploit. Il nous fallut plus d'une heure pour parcourir un kilomètre et demi ; c'est dire la qualité du picrate.

Les filles du groupe étaient encore jeunes, peu de poils, ce genre-là. La toilette se faisait en plein air de chaque côté d'un abreuvoir converti à l'hygiène matinale. Je décidai d'emblée que, pas une fois en trois semaines, je n'irais m'exhiber à tous vents pour dévoiler au monde entier mes membres rachitiques. Ce que je fis. Jeanjean, adepte fervent d'une hygiène de base, se triturait les testicules à l'aide d'un gant marron qu'il arrivait à glisser sous son large short. Primaire mais efficace.

Cette année scella notre amitié avec les Chassepot. Je revis l'aîné vingt-cinq ans plus tard et, comme il me conduisait en voiture à Paris, j'appris de sa bouche les difficultés que son frère et lui avaient connues dans leur adolescence. Pourquoi ça ? demandai-je. Nous étions noirs, dit-il comme une évidence. Et, d'un coup, ça me revint : mes meilleurs copains d'adolescence étaient blacks et je n'y avais jamais prêté attention. Je n'étais pas indifférent à mes amis mais, pour des gosses, la couleur de peau importe peu. En fait, cette disparité, c'est bien un truc d'adulte.

La place Marron

Notre bourg de banlieue jouxtait un bois touffu. Quand nous parvenions dans la forêt située en hauteur, une grande place nous accueillait, carrefour de plusieurs sentiers.

Au fil du temps, elle fut baptisée place Marron.

Les Compagnons des forêts, adeptes de la dite place, décidèrent d'en faire un espace de camping le week-end. Une sorte d'aire d'entraînement pour campeurs novices. À cet endroit et entourés par des pros de la tente André Jamet, ils ne pouvaient que progresser.

Entendons-nous : une tente ne se construit pas selon l'humeur du pizzaïolo. Ça se pense. Par exemple : éviter de s'installer sous un arbre, comme chacun sait. Choisir un terrain plat, étirer la tente et bien fixer le tapis de sol. Ensuite, le double toit. En aucun cas celui-ci ne doit effleurer la toile de tente car s'il pleut, il ne sert plus à rien. Important : repousser la foudre à l'aide de deux patates enfoncées au faîte des piquets principaux. Et tac. Prévoir des graviers à l'entrée pour ne pas patauger dans la gadoue. Ensuite, les tranchées creusées tout autour de la tente font office de rigoles qui draineront l'eau de pluie et reculeront le moment fatidique de l'inondation. Voilà pour la tente.

Nous, Compagnons des forêts, étions opposés aux matelas pneumatiques qui font du bruit et sont considérés comme un accessoire de tapette. Il nous fallait un bon vieux sac de couchage en plume jeté à même le tapis de sol.

Tous ces gestes, ces décisions importantes, nous les transmettions durant les week-ends de printemps à des néophytes aux yeux ébahis qui découvraient la place Marron, lieu d'apprentissage. D'ailleurs l'un des axiomes préférés de Jeanjean tenait en peu de mots : « Faut aider les jeunes. »

Le soir nous redescendions dans notre bourgade et terminions la soirée devant des verres de bière au café du Nord. Là, nous refaisions le monde du camping, de la randonnée et des échanges franco-allemands. Puis nous repassions devant la bâtisse de Jeanjean pour gagner notre village de toile. Régulièrement, je restais un moment devant la grille pour contempler le bouc attaché à un piquet. À quoi servait ce bouc ? Je n'avais jamais vu la moindre chèvre dans les parages et je doute qu'un bouc puisse donner du lait. Parvenus place Marron, nous discutions longuement des mérites comparés de Dick Rivers et Eddy Mitchell. Les gars du sud étaient pour Dick et nous, les banlieusards, pour le gros Eddy. Puis la nuit venait mettre un terme à la fumerie organisée sous les tentes.

C'est plus tard, quand les petits dormaient à poings fermés, qu'on pouvait nous entendre, accaparés par des branlettes sauvages et désespérées.

Week-end

Résumer un week-end aux Compagnons des forêts est relativement simple. Nous sommes en avril et la température commence à grimper. Les arbres sont feuillus, les robes à fleurs pointent le bout du nez. Je rencontre Nonoss au café de la gare sortant d'un baby-foot épuisant. On se dit : pourquoi pas partir avec la tente ? Du coup, je file chez les frères Chassepot qui sont prêts à prendre la route. Nonoss prévient Dany et nous voilà le samedi midi, sacs a dos bouclés et canadienne fin prête pour une virée dans les bois de Viroflay. Ça nous prend un bon moment, en sortant de la gare, pour trouver une clairière propre à nous accueillir. Enfin, on se décide, et la tente est montée en un clin d'œil. Cela fait, on se met à fumer en discutant du dernier disque de Bob Dylan et du nouveau flipper acquis par l'hôtel des Trois Routes. Enfin, on se bouge en direction du bled et le troisième bar est pour nous. Notre menu incontournable comporte de la bière et des frites. On accepte quelque chose de consistant autour mais le top, c'est la bière et les frites. On parle de Jeanjean, d'une fille de la deuxième cité qui baise avec tout le monde, d'un Italien qui couche avec trois nanas en même temps. Bref, des sujets de société. À seize heures, on se colle autour du baby-foot et j'essaie de refiler Nonoss à l'un des Chassepot car il est NUL au baby. Après avoir perdu cinq parties d'affilée, je propose de faire les courses pour le soir.

Nous achetons du cassoulet William Saurin, de la bière en pack et des chips. Plus une cartouche pour le camping-gaz et un oreiller gonflable pour Dany qui a toujours mal à la tête. Après, les Chassepot s'occupent de la bouffe et on se tortore le cassoulet dans nos gamelles en fer blanc. On refume et, après cinq bières, Dany et Nonoss disent qu'ils ont sommeil.

Je redescends au bled avec les Chassepot et nous choisissons le premier bar qui nous est inconnu. Il est enfumé et rempli de barbaque avinée. Le plus jeune des Chassepot se bouffe le nez avec deux terreurs en Levis décolorés à l'eau de Javel. On est obligé de les séparer et de changer de bar. J'hésite devant la devanture du Royal qui propose *Les 400 coup*s de Truffaut mais les Chassepot sont à sec. Alors nous regrimpons vers la tente et cinq minutes plus tard tous les vaillants campeurs pioncent avec ferveur.

Le lendemain matin, après avoir bu un café réchauffé sur le camping-gaz nous plions la toile et rentrons dans notre bled par le train d'onze heures.

L'après-midi, je vais regarder l'équipe première du patelin se prendre 5 à 0 contre Saint-Cyr et le soir je m'engueule à table avec mon père au sujet de Mendès France. Oui, j'ai toujours préféré les perdants. Mon père, lui, a régulièrement adulé les cons.

Saint Sylvestre

Nous, Compagnons des forêts, avions pour habitude de nous retrouver le soir de la saint Sylvestre. Nous quittions nos défroques de traqueurs de sous-bois pour des costumes trop courts et des chemises blanches qui nous sciaient le cou.

Jeanjean, guide spirituel, commandait la manœuvre, investissant le foyer du cinéma paroissial avec ses troupes. Il fallait décorer avec du papier crépon, charrier tables et chaises dans nos avenues tristes de banlieue et caser dans un coin une sono rachitique. Johnny Hallyday, Richard Anthony et Sylvie Vartan pointaient le nez sur les vinyls. Le soir des agapes, il s'agissait d'écarter les boléros et les valses agonisantes pour glisser à leur place nos chouchous énervés.

Mes cheveux courts sur les côtés grimpaient haut sur le sommet de mon crâne et j'étais dévoré depuis peu par une acné vacharde. Frotter mon sexe en émoi contre les cuisses d'une fille à l'aide d'un slow langoureux représentait le nirvana sexuel de mon adolescence.

Les adultes, catholiques pour la plupart, se retrouvaient pour échanger leurs souvenirs de jeunesse et surveiller du coin de l'œil leur progéniture. Martine, que j'avais embrassée plusieurs fois déjà, consentait en soupirant à ces joutes avinées. Car le problème se situait au fond des bouteilles qui, inexplicablement, se retrouvaient fort nombreuses sur nos tables. Je commençais à la bière puis souscrivais au blanc pour accompagner une poiscaille déliquescente. Le rouge arrivait pour faire couler la viande de même couleur. Voulant jouer à l'homme, je m'envoyais un ou deux armagnac, à l'instar des adultes vaguement cuités. L'année qui me revient en mémoire fut celle de ma première biture. Après quelques cha cha érratiques, j'avais laissé choir Martine pour gagner d'un pas chancelant la ruelle conduisant au parc du château voisin. Et là, contre un mur, je dégueulai mes tripes comme un vrai bleu. La nuit froide me retournait l'estomac, je me haïssais, condamné à la bouderie par Martine un mois durant. Je n'étais plus un fier Compagnon des forêts mais une larve des bas-fonds.

Je rentrai chez mes parents, me couchai et ne soufflai mot de ma déconfiture. Ma mère y fit allusion le lendemain au sujet de ma veste de costume souillée et mon père me considéra en souriant. Je compris que la honte n'avait rien à faire ici et que la soûlerie n'était qu'un passage. Après, on pouvait prétendre à devenir un homme, un vrai.

C'est dire en quelle estime je tiens les hommes.

Éducation

Un beau jour, Jeanjean se rendit compte que ses jeunes Compagnons des forêts n'y connaissaient rien côté cul. C'était vrai, en partie. Il mit donc au point un « cours » prévu le mercredi soir et destiné en priorité aux garçons mais les filles, vivement intéressées, s'y rendirent également. Afin de neutraliser ses propos, il décida d'un lieu distant de la maison familiale où s'ébattaient ses onze enfants. J'ai omis de préciser que Jeanjean et son épouse communiaient avec ferveur chaque dimanche matin dans l'église du village. Dieu n'était pas pour eux un vague copain mais le guide d'une vie consacrée aux jeunes, au labeur et à la procréation. Désertant donc le cocon familial, il récupéra le foyer du cinéma, comme d'habitude, et intima aux Compagnons de s'y retrouver pour écouter l'oracle.

Nous passerons sur les préambules et les détails scabreux de l'introduction du membre pour nous concentrer sur la phase dite préparatoire. Alors qu'en fait nous imaginions pouvoir un jour enfoncer brutalement nos macaronis entre les cuisses des filles, Jeanjean mit le holà à cet empressement. Il s'agissait rien moins que d'y aller *piano*, avec délicatesse, et de mettre au point une technique d'encerclement du piton ultime dont nous ignorions tout : le clitoris.

Quand il eut prononcé ce mot magique, un blanc gêné s'installa dans les rangs. Les filles les plus âgées rougirent inopinément mais nous, les vrais mecs, restions bouche bée face à la révélation d'un obstacle imprévu. Le clito, c'était le truc à Jeanjean. Fallait voir comme il le bichonnait, dansant alentour une samba séductrice. Fallait trouver la chose et c'est pas en débarquant avec nos sabots et nos braquemards turgescents que nous pourrions découvrir la pépite.

Sous l'œil affectueux des filles, il nous recommanda de chérir l'objet, d'y aller hypercool, parce que la nana elle était pas là pour enfanter dans la douleur et c'est marre. Il fut question de plaisir. Ce qui laisse rêveur sur la fourberie des gens d'église et l'aveuglement des pères de famille nombreuse.

Le soir, en regagnant nos foyers respectifs, nous pouffions bêtement entre nous, l'air de dire qu'on se débrouillerait au feeling et que cette histoire de clitoris c'était bien le genre de débilité à Jeanjean.

Nous n'y fîmes plus allusion et, bien plus tard, je croisai mes amis à l'occasion d'une visite au cimetière. Deux d'entre eux avaient épousé d'ex-Compagnes des forêts. Avec ceux-là, j'étais sûr d'une chose : ils avaient trouvé l'endroit où nichait le point sensible du plaisir féminin. Les autres, je ne sais pas.

Rothenbach

Un beau jour, notre commune convint d'un jumelage avec la bonne ville de Rothenbach située en Bavière. Aussitôt, Jeanjean décida d'un raid sur la ville jumelée. Il fit admettre au conseil municipal allemand que la place idoine pour nos tentes était bien la pelouse qui menait à la piscine du patelin.

Nous installâmes donc nos canadiennes pourries au bord du chemin coquet conduisant aux caisses. Les Allemands, bronzés, propres et bourgeois, passaient devant ce foutoir, interloqués d'avoir perdu la guerre face à ces Français miteux et bordéliques. Tout de suite notre cote dégringola sur l'échelle teutonne. L'activité principale des Compagnons s'écarta momentanément des forêts pour se fixer sur le toboggan du petit bain et les lignes implacables du grand bassin. Les points d'eau étaient cernés par de larges pelouses sur lesquelles la jeunesse bavaroise s'égayait. Au fils des jours, je parvins à me glisser dans un groupe animé par Dave, un jeune brun anglo-allemand.

Nous découvrîmes en même temps *A hard day's night* au cinéma du bled et ce film nous rendit fous de bonheur. Curieusement, la vie me parut plus rapide au fond de la Bavière que dans les rues de ma ville de banlieue parisienne. Les Beatles nous occupèrent un été. Ça, et la révélation que Dave n'était pas d'origine anglaise mais américaine. Son père, militaire U.S., avait abandonné derrière lui un sperme implacable qui créa la vie de mon copain. Ce fut aussi l'été des filles, des premières dragues. Penchés sur nos transistors, derrière le grand bain, nous ratissions large et toutes celles qui communiaient avec Elvis et les Scarabées étaient les bienvenues. Deux Allemandes longilignes et rougissantes nous rejoignaient parfois. Nous plongions dans le grand bassin pour épater la volaille puis revenions nous rouler sur nos serviettes en claquant des doigts. Elles finissaient par oublier que je vivais dans une tente de merde qui gâchait le paysage à l'entrée de la piscine.

Une fin d'après-midi venteuse nous surprit près du bar attablés à sept ou huit abonnés au Coca Cola. Gitta, la plus blonde des Allemandes, que je reluquais depuis quinze jours, fut l'objet de plaisanteries et je compris qu'elle et moi étions sur la sellette. Nos amis nous poussèrent à nous embrasser. C'était ma première Allemande et, probablement, mon premier flirt. Nous rapprochâmes nos lèvres sous les regards inquisiteurs et je découvris sa langue virevoltante tortillée dans ma gorge. Alors, c'était ça le truc : se caresser à l'intérieur. J'en restai baba.

J'appris plus tard qu'on pouvait se caresser à l'intérieur d'une autre façon. Dans les deux cas, je reconnais que ce n'est pas lassant.

Les Grecs

Pour notre troisième année de présence à Rothenbach, Jeanjean décida de laisser choir la piscine pour un terrain en hauteur pas loin du centre ville. N'ayant qu'une confiance relative envers nous, les « grands », il nous confina loin des filles sur une prairie en contrebas.

Je menai la révolte car j'en pinçais sérieusement pour Jacqueline, une petite blonde à l'attitude introvertie, mais qui savait se débrider.

Cette situation nous agaça quelque temps mais je trouvais des chemins sombres et peu fréquentés qui nous accueillaient Jacqueline et moi avant l'extinction des feux. Je savais mettre la langue depuis deux ans et elle aussi. On se tripotait furieusement, à moitié à poil, pendant que les petits s'époumonaient sur *Santiano* d'Hugues Auffray qui avait les faveurs des Français pédestres. Cela étant, la situation de nos tentes par rapport à celles des filles continuait de nous poser problème.

La bonne ville de Rothenbach faisait travailler à cette époque une colonie grecque non négligeable. Ils étaient jeunes, hâbleurs et bronzés. Un beau soir, s'enhardissant, nos Grecs se jetèrent tels des rapaces sur la tente des filles les plus âgées. Celles-ci hurlèrent au viol ou Dieu sait quelle ânerie. Un petit nous rejoignit en tremblant : les Grecs veulent se taper les filles ! Comme un seul homme, les hardis Français jaillirent sur le terre-plein, prêts à en découdre. Mais il faisait nuit. Une lutte improbable propulsa Grecs et Français les uns contre les autres. Nous étions prêts à violer nos nanas mais que les Grecs le fassent avant nous allait contre tous nos principes. Je distribuai quelques gnons au jugé. Des courses-poursuites nous occupèrent dans les sous-bois puis nous fûmes sous l'éclairage brutal des néons de la grand-place. La clique des enfoirés hellènes me parut brusquement impressionnante sous la lumière jaune des lampadaires. Je me proposai immédiatement pour aller quérir les flics. C'est un trait de mon caractère : j'essaie d'éviter l'affrontement brutal pour biaiser en souplesse. Je tambourinai donc à la porte des pandores, gargouillai en sabir franco-bavarois pendant que mes amis s'en prenaient plein la tronche. Les flics finirent par arriver, le conseil municipal s'excusa et Jeanjean nous accorda ce que nous souhaitions : une place pour nos tentes à coté des abris féminins.

Les adultes allemands qui, d'ordinaire, nous considéraient comme une future chair à canon se rapprochèrent des petits français. Estimant le grec en tant que main d'œuvre sous-développée, ils retournèrent leur veste en notre faveur. Le coq français se dressait à nouveau, chapeauté par l'aigle germanique. Ce petit monde convint d'une soirée franco-allemande amicale où, poussé par mes copains, je dus malmener une batterie quelques minutes durant. L'année suivante fut sans histoire, à l'exception d'une blonde vicieuse que je débusquai chez un glacier. Je n'eus plus aucun contact avec des Grecs jusqu'au mois de juillet, deux ans plus tard. Nanti d'une bourse de voyage-études, je me fixai à Athènes dans un foyer YMCA. J'avais dix-neuf ans, mesurais 1,81 m et mes cheveux étaient blonds comme les blés. Ma première virée à Athènes me porta vers l'Acropole. Un gamin grec de quinze ans me croisa et, levant la main droite, siffla entre ses dents : *Heil Hitler !*

Finalement, se dire français, c'est pas évident.

Mariage impromptu

Nonoss, ainsi surnommé car sa grand-mère possédait trois chiens, tomba amoureux à dix-huit ans. La dulcinée en comptait seize, se prénommait Sonia et vivait, elle aussi, avec sa grand-mère dans la première cité.

On les voyait parfois se baguenauder dans le bled, attifés comme l'as de pique. Sonia et son petit visage d'ange affichaient une vie intérieure obscure, une origine espagnole et un goût – non confirmé – pour l'art. Nonoss, quant à lui, œuvrait dans un hôpital psychiatrique ; il était infirmier. Le cercle des compagnons s'élargit pour y faire tenir le jeune couple mais ils préféraient des rendez-vous plus discrets, des chambres mal éclairées et du sexe, pour changer.

Évidemment, Sonia se retrouva enceinte assez rapidement et l'époque voulait que les hommes « réparent » la duplicité d'une semence vagabonde. Donc, le gars Nonoss fit sa demande en bonne et due forme. Le temps pressait. Nonoss qui ne roulait pas sur l'or fut pris en charge par Jeanjean qui se proposa d'accueillir les mariés, supportés par les compagnons. Pour le repas de mariage, Sonia portait des bottes rouges en vinyl et Nonoss était passé chez le coiffeur. Les civilités furent expédiées et la noce, après avoir traversé le bourg à pied, se retrouva chez Jeanjean en compagnie du bouc et des onze gosses disséminés dans la maison.

Nous nous attablâmes en cercle dans la salle à manger et, le temps d'une soirée, chacun oublia que l'ami Nonoss se préparait une vie d'adulte un peu difficile. Je le connaissais depuis fort longtemps. Les dix premières années de ma vie j'habitais Versailles et venais passer mes jeudis chez ma grand-mère qui survivait dans une petite maison située sur le chemin conduisant à la forêt.

Je pédalais autour de la location sur un petit vélo rouge et regardais les enfants de la garderie butiner chaque semaine en direction de la place Marron. Nonoss marchait derrière les autres. Peu concerné par le collectif et encore moins par les bois, il traînait à la ramasse en bougonnant.

Plus tard, nous partageâmes à plusieurs reprises la même tente au sein des Compagnons. Les sœurs Pirelli, charmantes et disponibles, furent draguées par nos soins. Il choisit l'aînée et la plus jeune supporta en soupirant mes avances de dadais acnéique.

À quinze ans, je rejoignis un groupe de rock en formation pour y jouer de la batterie. Après deux ans d'attente et de supputations, mon Nonoss se décida lui aussi pour les drums et se cala derrière une Tama afin de proposer aux Compagnons une seconde formation binaire. Deux groupes pour un bled aussi pourri peut paraître redondant mais celui de Nonoss possédait un quelque chose « mal fini » qui nous avait manqué. Nous, groupe historique des Compagnons des forêts, campeurs impénitents, étions obsédés par l'excellence, les costumes pailletés, les guitares pétillantes, les gros amplis.

Nonoss faisait dans la déglingue ; punk avant l'heure.

Je repensais à toutes ces choses en le contemplant, chez Jeanjean, de l'autre côté de la table. Et je sus, de suite, que notre jeunesse était derrière nous.

7e art

Dans ma ville de banlieue, le cinéma était paroissial. J'y communiais de préférence le samedi soir en compagnie des familles ou le dimanche à 15 heures avec les gosses hurleurs. Les cinémas paroissiaux se font un devoir de passer régulièrement la série des Don Camillo, celle de *Joselito l'enfant à la voix d'or* et d'autres films distractifs dépourvus de scènes érotiques. La violence brutale y est également proscrite. Les Compagnons des forêts représentaient le vivier idéal pour élever au grade d'ouvreur de jeunes âmes cinéphiliques. Je me portai donc volontaire pour m'appuyer une séance par semaine, torche en main, au bas des marches douloureuses menant au balcon. Nous étions bénévoles, bien entendu.

Pourquoi le balcon ? J'hésite. La grande salle d'orchestre m'intimidait car je restais persuadé que, même dans le noir, tous les yeux restaient braqués sur moi, guettant le moindre faux pas, la plus infime erreur. Par contre l'escalier du balcon était sombre, la population plus clairsemée et occupée à se lécher le visage, l'entrecuisses à l'abandon. De fait, les habitués du balcon venaient au cinéma pour s'allonger, *a contrario* des fans de l'orchestre qui proposaient à la ronde leurs nouvelles fringues, leur dernière décoloration ou, pour les hommes, leur récente conquête.

Les premiers mois, on me laissa tranquille mais rapidement mes meilleurs amis, compagnons ou simple maraudeurs urbains, me contactèrent pour rentrer gratuitement à l'entracte. Je m'explique. À l'entracte tous les spectateurs pouvaient sortir griller une cigarette ou boire un coup en échange d'un ticket rouge qu'ils remettaient aux ouvreurs en rentrant. L'astuce consistait donc à se pointer sans ticket à la fin de l'entracte et, avec la bénédiction de l'ouvreur, à rentrer comme ceux qui avaient payé leur place.

Arnaquer un cinéma paroissial ne me posa pas un véritable problème de conscience. À l'inverse, me faire surprendre comme complice d'un coulage à l'entracte était une pensée qui me taraudait en permanence. Pour éviter l'auto-flagellation, je laissai tomber la séance du dimanche – plus propice à l'arnaque – pour me concentrer sur le samedi soir. Les années aidant, je troquai mon esquimau, généreusement offert par le cinéma, contre un Orangina. Puis un jour, je me mis à la bière et fis mes adieux au vieux cinoche.

L'année suivante, en fin de répétition avec le groupe de rock qui élisait domicile dans le foyer des Compagnons en contrebas du cinéma, je découvris un escalier tordu conduisant à une trappe que je soulevai. Steve Mc Queen se dressait au-dessus de moi, monstrueux et à l'envers. La trappe donnait directement à l'arrière de l'écran du ciné et

La grande évasion embrasait les fidèles cinéphiles. L'image graineuse et déformée pesait sur moi et j'en restai bouche bée. Puis je m'installai dans un coin à l'arrière de la scène et me laissai bercer par le film.

Aujourd'hui, le cinéma n'est plus paroissial ; le balcon est supprimé et le placement se fait au jugé. Contrairement à mon époque adolescente, les spectateurs ne commentent plus les images à voix haute. Curieusement, cette pratique d'un autre âge me rendrait aujourd'hui fou furieux et indique probablement que le cinéma-distraction a laissé place au 7e art. Pourquoi pas ?

Luzerne et patates

Très tôt, Jeanjean m'a branché sur le travail, la notion d'effort. Il entretenait plusieurs fois par an un large rectangle de luzerne sur la route de Plaisir, en face du cimetière. Aux beaux jours, il rameutait ses fils préférés auxquels je me joignais car, de façon prémonitoire, je savais qu'un jour je serais désigné par le maître pour adhérer aux Compagnons. Donc la caravane Jeanjean débarquait aux confins de la ville, brouettes à la traîne et croquenots aux pieds pour ramasser la luzerne destinée aux lapins qui survivaient dans leurs clapiers derrière la maison du Guide Ultime.

Sous l'œil goguenard des automobilistes, nous crapahutions au ras du sol, entassant la luzerne dans nos brouettes. Il nous fallait ensuite traverser le vieux village, et cette procession d'un autre âge me remplissait de quelque chose qui n'était pas la honte mais flirtait beaucoup plus avec le ridicule. J'abandonnais mes amis devant la maison de ma grand-mère pendant que le clan Jeanjean gagnait l'orée de la forêt où se lamentaient les lapins.

L'année suivante, je décidai de donner un sens plus collectif à mon été besogneux et m'inscrivis chez l'un des rares fermiers du coin pour ramasser des pommes de terre dans de larges champs bordant le terrain d'aviation.

La terre est basse, je dois en convenir. Étant peu souple, je travaillais à genoux, remplissant mes sacs de cinquante kilos sous le cagnard de fin d'été. Pendant que j'avançais dans mon sillon, à l'agonie, de robustes Polonaises, dont les postérieurs s'agitaient sous mes yeux, remplissaient à une vitesse atomique leurs sacs de jute. Leurs motivations étaient différentes des miennes : elles travaillaient pour pouvoir manger et non pour compiler un hypothétique argent de poche.

Le ramassage tirait à sa fin, cet été-là, quand un planeur rata son atterrissage sur l'aérodrome mitoyen. Le feulement des volets d'aile entrouverts m'alerta, je levai la tête puis évitai de peu la décapitation en me jetant à plat ventre.

De tous temps, j'ai haï les choses volantes. C'est ma mère qui, à l'âge de cinq ans, m'initia à la défiance du plus lourd que l'air. Aussi, je consultai en tremblotant mes camarades : que faire devant la menace venue du ciel ? Les futurs Compagnons des forêts s'enhardirent et décidèrent d'affronter l'aviation civile malgré les risques.

Deux jours plus tard, juchés sur nos bicyclettes, nous quittions le champ de patates en sifflotant.

Un dernier planeur rasa nos têtes et je me jetai avec mon vélo sur la terre poussiéreuse pour échapper au ciel courroucé. Cet ultime avatar scella mes vacances à venir : les patates, c'était terminé pour moi.

Rue Drouot

Cette année, avant de retrouver les Compagnons en août, j'ai décroché un job sur juillet dans les sous-sols surchauffés d'une compagnie d'assurance de la rue Drouot. J'ai quatorze ans, je passe en troisième à la rentrée et, avec le fric, je me paye une caisse claire et une cymbale pour narguer les batteurs branchés des Chaussettes Noires et des Chats Sauvages. Ma grand-mère mettra au bout pour la grosse caisse et les toms. Maman a repassé mon pantalon gris et on a fait nettoyer ma veste de blazer. Avec ma chemisette blanche et une cravate écossaise j'aurai l'air de ce que j'ignore : un employé d'assurances.

Parvenu dans les lieux, on m'affuble d'une blouse grise car, comme chacun sait, la poussière sévit durement aux Archives « sinistres ». Cet endroit a beaucoup à voir avec l'enfer car, outre la température élevée, c'est là que périssent les dossiers fâcheux qui coûtent du fric à la compagnie. Je peux comprendre ça. Le second jour, à la cantine, je rencontre le chanteur des Vautours qui n'est autre que le frère d'un guitariste des Chaussettes Noires. Conscient de frôler la légende, j'ouvre grandes mes oreilles et me contente d'écouter le jeune homme qui s'apprête à enregistrer un disque.

Au sous-sol, je classe, je mets des déclarations en pile. Puis, à l'aide d'un savant calcul, constitue de nouvelles piles à partir des précédentes. Quand j'ai cinq minutes je compte les jours qui me séparent du 30 juillet. Le midi, après la cantine, nous nous retrouvons dans un bar et je me perds dans des parties de belote abyssales. Parfois je râle trop fort et je prends une claque.

Aux archives « sinistres » il y a deux responsables. Un vieux et un de trente ans qui, de fait, n'est que sous-chef. Mais on lui dit « chef » et il aime ça. Depuis peu, j'ai le droit de ranger les dossiers dans les grandes armoires métalliques qui coupent en deux nos locaux. Je suis donc sur mon petit tabouret et en compressant mes dossiers au chausse-pied, je sifflote le dernier tube de Lucky Blondo. Pompon, le vrai patron, se pointe au bout de ma travée. Il ressemble à Ernest Borgnine avec les fringues de Jacques Tati.

– Hé, toi, tu veux une ficelle ?

– Hein… Une quoi ?

– Une ficelle.

Je me dis que ce vieux ne va pas passer l'année. Ce sont les premières strates du délire final.

– Pourquoi faire ?

– Pour attacher ton sifflet.

C'est clair : je me suis perdu dans un groupuscule d'intellectuels de haut vol. Les assurances, c'est pas pour moi. Je serre les dents les trois jours suivants et quitte enfin la rue Drouot, humilié mais riche.

Ciment

Lassé de tous les enfantillages liés aux jobs d'été, je décidai à l'âge de seize ans de ramener de la thune quoi qu'il arrive. Personne ne voulait de moi dans les bureaux civilisés qui cernaient ma bourgade. Je pesais soixante-dix kilos, j'arrivais à cracher à trois mètres et, pour me déplacer, utilisais un vélo dit « de tourisme » qui faisait sourire les adeptes du demi-course. Bref, j'appartenais au clan des vrais mecs. Aux Compagnons des forêts nous avions été formés pour parvenir dans la plénitude à la fonction d'adulte responsable. J'étais dans la norme, merde alors.

Nonoss, qui connaissait tout le monde, me mit en relation – courant juin – avec un gamin qui travaillait dans les bureaux d'une entreprise de ciment située à Chavenay. Je me présentai donc dans l'entreprise, sanglé dans une chemise Arrow et engagé dans une guérilla souterraine contre l'acné. La jeune femme qui me reçut consulta ses fiches et, l'air embêté, me fit comprendre que pour juillet un job de bureau n'était pas certain mais elle se faisait fort de me trouver un emploi dans la boîte. Parfait. Je récupérai ma bicyclette et regagnai mon bled en attendant le coup de fil qui laisserait libre cours à toute ma puissance rentrée (mais que le monde connaîtrait bientôt). Elle téléphona un lundi matin. Je devais me présenter le lendemain à 8 heures à monsieur Romero qui s'occuperait de moi.

Je pénétrai donc à 7 heures 55 dans la fabrique et trottinai en direction d'un moustachu chorégraphiant un ballet de camions, de sacs de ciment et d'ouvriers d'origine maghrébine.

– Madame Leblat m'a dit de me présenter à vous.

– Ah oui. Bon, c'est facile, tu te mets derrière les gars et tu décharges avec eux les sacs de ciment que tu places devant les camions.

– C'est pas un emploi de bureau, alors ?

– Non, ici on transbahute le ciment.

Je m'inquiétai brutalement pour les coutures de ma chemisette – la bleue rayée de gris – puis gagnai la file des manutentionnaires. J'allais pas me laisser emmerder par des sacs de ciment. De cinquante kilos. C'est le chiffre qui me sauta au visage en approchant du magasin. Je manquai défaillir mais le logo Compagnons des forêts flotta dans mon inconscient et je sus que l'heure était arrivée. J'allais montrer de quoi j'étais capable.

Le sac de ciment comptant cinquante kilos n'est pas un problème en soi. Ce qui déçoit, c'est la texture du sac. Lisse, plastifiée, sans prise. Arriver à saisir le sac nécessite un effort mental imprévu. Le porter est un exploit et le déplacer, une punition.

À la pause de 10 heures, je me calfeutrai dans une niche ombrée, l'œil glauque, en catatonie. Au coup de sifflet, je regagnai ma file de douleur en traînant les pieds. À midi, je récupérai, tel un automate, mon vélo et gagnai ma bonne ville au radar. Je pénétrai dans le pavillon et aperçus ma grand-mère dans la cuisine puis laissai tomber :

– Je m'allonge un moment, je suis fatigué.

– Je sors, je te laisse un sandwich.

À 17 heures, c'est elle qui me réveilla.

– Ben, Marc, et ton travail ?

– C'est un job de dingue. Je vais mourir.

Puis je narrai à l'aïeule le sort funeste que les cimenteries Labey m'avaient réservé.

– D'accord, mais tu vas quand même chercher ta paye du matin, tu as travaillé.

J'approuvai mollement. Mais non, je n'irais pas chercher ma paye. Je ne voulais plus entendre parler du ciment, de Chavenay, des sacs de cinquante kilos.

J'avais trop honte de mon pauvre corps martyrisé. L'année suivante, je gagnai un concours de dessin et partis passer trente jours en Grèce aux frais de la princesse. C'était mon truc.

Au noir

Je décrochai mon premier job au mois de septembre. L'homme qui m'avait choisi se nommait Jean Rolin et survivait rue de Prony. Il est difficile de trouver des gars de gauche rue de Prony mais je fis taire mes velléités collectivistes au profit d'un emploi non déclaré.

Le gars Rolin travaillait en appartement. Un autre esclave – qui avait faim, donc – partageait avec moi une petite pièce dans laquelle s'étiraient nos tables à dessin. Les horaires étaient corrects ; on pouvait écouter la radio et la nature des créations correspondait aux critères politiques du graphiste. Mon premier travail fut consacré à Brasillach, bien entendu. Le second à Léon Bloy. C'est dire si je m'amusais. Mon compagnon graphiste évitait de critiquer le maître des lieux mais je m'ouvris auprès de lui de l'emploi non déclaré et des horaires impératifs. J'appris donc que Jean Rolin me versait en sus du paiement de ma facture mensuelle la somme mirobolante de cent francs afin que je puisse contracter une adhésion à la sécu. Riche mais bouffi de culpabilité, le vieil homme.

Son épouse, ridée comme un lézard et toujours

prête à partir en courses, essayait régulièrement ses nouvelles chaussures de golf dans l'entrée du huit-pièces. Son swing vibrionnant accrochait parfois un vase étrusque perché sur une cheminée. Bref, une petite vie bien peinarde jusqu'au jour où Rolin s'aperçut que je faisais de la résistance, négligeant les jobs d'exécutant au profit de ceux qui retenaient mon intérêt. Il me congédia donc, ce qui fut sans conséquences car je n'avais jamais été engagé. Mes parents auraient jugé la situation humiliante aussi je n'en soufflai mot à la maison. Je prétextai une envie folle et soudaine d'effectuer mon service militaire, annulai mon sursis et débarquai avec armes et bagages dans une caserne vosgienne.

La vie m'oblige parfois à passer dans cette rue de Prony. J'y pense en écrivant ceci car je ne lève jamais les yeux vers l'appartement de mon premier boulot. Comme quoi, je n'ai pas dû y souffrir beaucoup. À moins que ma désinvolture soit plus forte que ma nostalgie. Voilà, c'est plutôt ça.

La fin

En réalité, on ne quitte pas les Compagnons des forêts. On prend ses distances avec la fièvre chlorophylique mais une tente canadienne en vitrine du Vieux Campeur vous remue toujours les sens.

Je commençais à travailler. Godard et Truffaut étaient emblématiques pour moi et j'avais déménagé à Paris pour vivre de l'intérieur cette vitesse à l'œuvre dans leurs films. Cette émotion, également.

Parfois, le train du soir me ramenait chez mes parents pour une soirée obligatoire. Je pénétrais dans le wagon surchauffé à Montparnasse et commençais à respirer après Versailles. Je croisais rarement des visages connus : tout allait trop vite dans cette banlieue que les jeunes désertaient.

Puis un soir, j'aperçus Jeanjean. Debout, patientant au sein d'un groupe d'employés qui s'en retournaient chez eux. Le wagon était plein comme un œuf et je rivai mes yeux à son visage qui ne se tourna pas. Il me savait là mais attendait que je fasse le premier pas. Avais-je trahi quelque chose ? Pourquoi cette allégeance imposée ? Je me raidis dans mon siège, teigneux à souhait.

Les portes métalliques s'écartèrent pour laisser passer les voyageurs et Jeanjean gagna le souterrain sans se retourner.

Je ne l'ai jamais revu.

À LA VILLE
COMME À LA CAMPAGNE

1. La vie de cour

(ou comment je ne suis pas devenu
coiffeur pour dames)

2. Le tour du Monde

(ou comment je ne suis pas devenu
coureur cycliste)

pour Baronne

1

La vie de cour

Traboule

On chantait dans ma cour et je jetais la pièce de cinq francs au chanteur par la fenêtre de la cuisine, bien enveloppée dans du papier journal pour qu'elle ne tinte pas sur le pavé, pour qu'elle ne roule pas vers les égouts. Le chanteur chantait merci en levant la casquette et partait chanter ailleurs une chanson triste, toujours la même, que ma grand-mère fredonnait avec lui. La terre qui paraissait par plaques entre les pavés de la cour était noire, les murs des deux immeubles étaient noirs. Le noir chez nous était la couleur de l'or. C'était le noir brillant des pays de mines.

Mon grand-père Granier avait quitté son Sommières natal et son soleil, sans doute chassé par les maladies et les émeutes de la vigne, pour venir chercher fortune là où il y avait des cheveux à couper, des bons cheveux de mineurs bien encrassés par l'anthracite, où il fallait travailler dur pour retrouver le blond sous le brun. D'abord installé rue du Puy dans le quartier des mineurs, il avait déménagé dans le centre ville. Son salon se trouvait au fond de la cour qui donnait d'un côté sur la rue des Creuses et de l'autre sur la Grand'rue, cette ligne droite interminable qui traverse Saint-Étienne et qui change de nom tous les kilomètres (ce qui fait que tout le monde, d'un bout à l'autre, l'appelle la Grand'rue).

En ce temps-là, il y avait une vie de cour, les clients n'hésitaient pas à entrer dans les couloirs d'immeubles, les « allées » comme on disait, les portes étaient ouvertes, on allait et venait comme le courant d'air, s'engouffrant d'un côté et s'évadant de l'autre. C'était le miracle des traboules. On jouait là en paix. On s'interpellait d'une fenêtre à l'autre.

Le salon de coiffure occupait tout un côté de la cour. Mon grand-père y coiffait les hommes et ma mère les dames, ma tante y faisait les extras. Il y avait une salle d'attente à l'entrée avec le téléphone, les journaux (*Jours de France* et *Noir et Blanc*) et le cahier des rendez-vous. Sur la gauche, quatre fauteuils de coiffure dont un isolé dans un box aux vitres dépolies. Au fond, la réserve.

J'étais dans la cour à jouer aux billes, au carré souvent (on traçait un carré dans la terre noire, on plaçait des billes à chaque coin et le jeu consistait à les chasser avec une boule de tir), parfois au glouks (un petit trou était creusé dans la terre, on y lançait quatre, six ou huit billes, si le nombre de billes qui restaient dans le trou était pair la partie était gagnée), au « plus près du mur » (il s'agissait de lancer les billes le plus près possible du mur pour gagner, parfois on lançait des pièces de monnaie). Je jouais également aux osselets mais il fallait s'asseoir par terre et les pantalons prenaient des reflets de mine et les mains noircissaient à vouloir rattraper les « écarts » dans les « sans bouger ».

Je jouais parfois avec les Pierrot, Pécoud qui fait aujourd'hui le peintre et Charras qui fait l'écrivain. Deux bons joueurs de billes.

La vie de cour n'était pas ma vraie vie mais c'était une vie quand même, une vie coincée dans un triangle sombre. Une vie pour juste après l'école en attendant l'heure des devoirs. Une soupape dont la vapeur montait dans le ciel triangulaire. La vraie vie commençait le samedi et les moindres vacances quand nous montions dans la 203 noire, puis la 403 grise, puis la 403-7 bicolore, puis la 404 bleue, pour aller en Haute-Loire où se trouvait ma vie de vacances, ma vraie vie.

Saint-Étienne était la vie de travail.

La cour possédait donc deux sorties, elle « traboulait ». Du côté des Creuses se trouvaient l'épicier pour lequel je faisais quelques livraisons, histoire de faire fortune, et, juste en face, le boulanger de tous les jours chez qui j'allais acheter mon goûter sur le chemin de l'école. Je prenais toujours un petit pain en forme de bonhomme avec des yeux de raisins secs et une belle peau dorée que je dévorais par les membres comme un cannibale débutant. Je dis qu'il s'agissait du boulanger de tous les jours parce que de l'autre côté, celui de la Grand'rue, se trouvait la pâtisserie Bubendorff qui était celle des dimanches et des jours de luxe. C'était une des stars de la ville et on y faisait volontiers la queue. J'y avais mes habitudes en chocolat.

Dans le couloir même de l'immeuble, se trouvait une petite porte dérobée qui conduisait directement dans la librairie de monsieur et madame Romano.

C'est là que j'ai appris les bonheurs de lire en liberté et que j'ai fait mes armes de vendeur en librairie. En période de rentrée des classes, je donnais un coup de main pour faire face au déferlement des collégiens et des lycéens. J'ai appris à satisfaire les clients en toutes circonstances : résoudre sans sourire le problème de la dame qui voulait un double décimètre « plus grand », fouiller dans les rayons à la recherche de *La Mare au sang* de George Diable, préparer des piles de tables trigonométriques pour les tendre automatiquement à tous les collégiens qui passaient le nez dans la porte, étonnés de voir un merdeux de primaire qui faisait le libraire. Ce n'était là qu'un travail saisonnier et je ne pouvais pas me douter que l'odeur des livres allait un jour l'emporter sur tout le reste.

Par tous les pores

Le métier de coiffeur me rentrait tous les jours par tous les pores, sans que j'eusse jamais à y penser, par ses rythmes, ses bruits, ses odeurs. Je reconnaissais le coup de ciseaux de mon grand-père à l'oreille, sa façon sèche de faire cliquer ses lames dans le vide avant d'attaquer les cheveux, le bruit furtif des ciseaux sur le peigne qui redressait les mèches. Les pas de mon grand-père autour du fauteuil que je pouvais prévoir un à un pendant que la coupe progressait. Le petit bruit de râpe du rasoir sur la nuque pour la finition.

Le coup de ciseaux de ma mère était très différent, plus long, plus mesuré. Elle coupait les cheveux mouillés des dames en longues tailles régulières qu'elle tenait un instant dans sa main et qu'elle laissait tomber ensuite au pied du fauteuil.

Le métier m'entrait également par le nez, le salon était aussi un orchestre d'odeurs. À peine la porte franchie je pouvais dire à vue de nez que ma mère faisait une permanente, la petite touche d'ammoniaque qui flottait dans l'air en était la marque. Au même moment, la tonalité douce et fleurie que je sentais en dessous voulait dire que mon grand-père faisait à son client une friction d'eau Cap mauve à la fin de sa coupe. L'odeur de chaud me disait qu'une cliente était sous le casque, qu'elle était presque cuite et qu'elle n'allait pas tarder à en sortir pour le coup de peigne.

Au fond se trouvait la réserve de produits qui était ma réserve d'odeurs. On y sentait les parfums, les poudres, les teintures, les lotions, l'eau de Cologne, le savon à barbe. Tout cela composait un petit concert propre et frais dans un endroit obscur.

Ma mère offrait à ses clientes deux types de prestations qui étaient le savoir-faire de la coiffure du temps : la rapide mise en pli et l'interminable permanente qui pouvait être assortie d'une teinture. La permanente donnait lieu à d'infinis bavardages, à des temps morts, à des attentes. Elle commençait dans l'odeur proprette du shampooing, se prolongeait dans les acidités et les ammoniaques des couleurs et fixatifs, pour finir trois ou quatre heures plus tard dans l'odeur sucrée de la laque. Tous les crépages vaporisés au sucre avaient des faux airs de barbes à papa.

Au moment de la mise en plis, les clientes devenaient assistantes. Elles étaient chargées de faire passer par-dessus leur épaule les épingles dont ma mère avait besoin pour fixer les bigoudis ou les frisettes. Elles tenaient sur leurs genoux une petite boîte métallique dans laquelle se trouvaient les épingles et les faisaient passer sur un rythme mécanique qui restait sans effet sur le cours de leur babil.

Interdit

Mon grand-père travaillait dans le premier box à droite. C'est là qu'il avait son bol en caoutchouc pour la mousse, ses blaireaux et son cuir suspendu au mur pour le fil du rasoir. Il utilisait des coupe-choux, un en ivoire et un en bakélite noire, qui, en pleine explosion des rasoirs automatiques Gillette, étaient le symbole de son professionnalisme traditionnel. Pour tenir les lames bien affûtées, il avait en réalité plusieurs cuirs. Celui qui pendait au mur était le cuir à grain fin qui servait à la finition de l'affûtage. Pour le premier affinage, il avait un double cuir, monté sur des lattes de bois souple, un gros grain et un grain moyen. Ces deux-là étaient utilisés avant la mise en route du matin et après le dernier client du soir. Pendant le reste du jour le cuir fin faisait l'affaire. La lame claquait à chaque passage sur la lanière, un coup en montant, un coup en descendant.

La seule chose qui, consciemment, aurait pu faire de moi un coiffeur sur le champ était l'interdit du rasoir. J'étais au salon comme chez moi, mais il m'était formellement interdit de m'approcher du rasoir. Je rêvais donc de l'ouvrir ce coupe-chou, de le prendre en main, de le peser, d'en faire glisser la lame sur ma paume, sans me couper. Je voulais entrer dans le secret du noir et du blanc. Pourquoi mon grand-père commençait-il avec le noir pour finir avec le blanc ? Quelle différence secrète y avait-il entre les deux ? Ce petit geste sec que faisait mon grand-père pour bien marquer la coupe des pattes, je voulais le faire. Ces longs coups de rasoir pour lisser la nuque, avec l'index gauche qui tenait écarté le col de la chemise, je voulais les donner.

Aujourd'hui encore, en hommage à mon grand-père Granier et à son savoir-faire, je ne rate jamais une occasion de me faire raser. En Italie, en Grèce, en Turquie, en Égypte, je retrouve les mêmes gestes, la même science et le même crissement de la lame sur la peau. J'éprouve toujours la même sensation étrange et délicieuse de dédoublement : je suis celui que l'on rase et je suis celui qui rase en même temps. Ma main droite, sous le peignoir, épouse le moindre geste, du blaireau qui plonge dans la mousse jusqu'à la serviette chaude…

Une autre de mes fascinations était le cosmétique. Il se présentait comme une sorte de gros bâton, un sucre d'orge géant que l'on déshabillait peu à peu. La matière en était collante. Je la touchais discrètement du bout de l'index que je collais ensuite à mon pouce. Lorsque sa coupe était finie, mon grand-père appliquait le cosmétique en peignant les cheveux en arrière. Il utilisait un peigne spécial, aux dents très serrées, qui retenait au fil des coupes un peu de la matière collante. Les cheveux enduits se redressaient et restaient en l'air, au garde à vous, en une brosse parfaite. C'était la coupe « en brosse », dite également « coupe bressan », dont mon grand-père avait fait sa marque. Elle était à la mode à l'époque et pas seulement chez les militaires. Elle a certainement beaucoup contribué, quelques années plus tard, au succès des cheveux longs.

Mon grand-père m'emmenait aussi avec lui en mission extérieure. Il s'agissait d'aller en ville pour prendre des produits à la coopérative, en faisant un petit détour par la salle des ventes. La salle des ventes était une des obsessions extraprofessionnelles de mon grand-père. Il s'agissait, le plus souvent, d'y faire un passage furtif, histoire de respirer un bon bol de poussière et de voir ce qui se vendait et ce qui allait se vendre. On n'y trouvait jamais rien de spectaculaire, des tables, des chaises, des assiettes dépareillées, des restes de vies d'ouvriers, des lampes de mineur, des reproductions de tableaux, de l'outillage. Mon grand-père n'achetait rien en particulier, mais il aimait la rumeur des enchères, le claquement du marteau, le défilé des savoyards qui présentaient la marchandise à deux sous en blouse noire. Il aimait le bruit et le mouvement du commerce en général ce qui faisait de lui un communiste marginal auquel le Parti faisait parfois les gros yeux.

Nous nous rendions ensuite à la coopérative – la « coopé », comme il disait. Le syndicat des coiffeurs avait monté cette boutique de gros où les figaros de la ville venaient se recharger en poudres et flacons. J'y retrouvais les odeurs de la réserve du salon, mais cette fois, aux dimensions d'une cathédrale. Les vedettes du lieu étaient Bourjois (avec un j comme joie), Caron (Fleurs de rocaille), l'Oréal, Martine Carol en photo avec une permanente sortie du four. J'en connaissais la caissière et le garçon de rayons, ce qui est toujours précieux lorsqu'on se lance dans la carrière.

Le gardien des blagues

Présentant le peignoir à ses clients, mon grand-père lançait : « Faites la traversée de la manche ». Il l'a lancé quelques dizaines de milliers de fois. En cinquante ans de coiffure, on en traverse des manches. Petit, nerveux, inquiet, il était d'humeur blagueuse. Il avait amené du midi son goût pour la galéjade. Sa réserve de bonnes blagues, hélas, n'était pas inépuisable. Pour rehausser le moral de sa clientèle, il l'incitait à rire en lançant à toute occasion son sonore « Si t'es gai ris donc ».

Je sentais bien qu'il m'avait secrètement désigné pour être le gardien des blagues puisque avant d'en lancer une il m'adressait un clin d'œil complice sur le mode « tu vas voir ce que tu vas voir ». Et le client, bon public, riait courtoisement à la blague entendue vingt fois et sans doute répétée vingt autres. Mon grand-père, fort de son succès, pouvait se mettre au travail et commencer son concert de petits bruits de coiffeur.

Il aimait plaisanter mais il aimait aussi faire le travail sérieusement : il m'expliquait qu'il était essentiel de passer la balayette pour chasser les petits cheveux avant que le client ne le demande. Il fallait pour cela guetter le moment où le client plissait le nez ou faisait mine d'éternuer. Il était essentiel aussi de bien talquer le cou après le coup de rasoir, pour éviter la brûlure du col de chemise. Et il fallait surtout bien passer le miroir à la fin de la coupe pour montrer la nuque au client et pour lui faire voir que l'on était fier de son travail.

Il réservait pour les jours de liesse la blague qu'il considérait comme sa meilleure et que j'ai mis longtemps à comprendre : « La mariée en blanc le matin et en foncé le soir ». Il est vrai que c'était du raide. Quelques années plus tard, Alzheimer l'embarqua loin des blagues et du monde, mais chaque fois que du fond de son oubli il préparait une fugue, il ne manquait jamais d'enfiler sa blouse de coiffeur.

Frisettes

Ma mère allait d'un box à l'autre, surveillant les frisettes en cours, passant au pinceau les couleurs dans une bouffée d'ammoniaque, partageant ses coups de peignes entre les belles dames du quartier. Elles entraient défaites par le côté discret de la rue des Creuses, un fichu hâtivement noué sur leurs cheveux en bataille et elles ressortaient des mains magiques de ma mère, frisées comme des caniches, crêpées, les ongles rouges, confiantes. Leurs talons claquaient plus fort sur le pavé de la cour, le fichu fourré au fond du sac, elles allaient affronter la ville par le côté lumineux de la Grand'rue. Elles ne craignaient plus personne. En les voyant partir, ma mère me disait qu'elle faisait un beau métier.

Pour l'heure, la question ne se pose pas vraiment de savoir si je serai coiffeur, le temps presse, c'est la veille de Noël, le salon de coiffure déborde de clientes qui veulent se faire belles pour les fêtes, il faut leur enlever les bigoudis.

La mobilisation était générale. À la sortie de l'école, je sentis que le salon entier se trouvait au bord de la crise de nerfs. Ma mère trouva que je tombais bien et me pria aussitôt de mettre la main à la pâte. Je jetai mon cartable dans un coin de la salle d'attente et allai aux ordres.

Mon travail consistait à prendre les clientes à la sortie du casque pour les préparer au coup de peigne final que seule ma mère donnait. J'avais vu faire cela mille fois et rien ne pouvait me surprendre ou me dérouter. J'imagine cependant que ma mère avait soigneusement sélectionné mes premières patientes parmi ses habituées, car aucune ne sembla s'étonner de me voir promu coiffeur.

Je dus me hisser sur la pointe des pieds pour atteindre le niveau de la tête. Une fois le casque de séchage retiré par ma mère (il était beaucoup trop lourd pour moi, surtout le gros beige), je commençai par ôter le filet qui recouvrait la tête et tenait les cheveux en cage pour qu'ils ne leur prennent pas fantaisie de se nouer dans le ventilateur du séchoir. Ensuite, ma mission consistait à débarrasser la cliente de tous les artifices que ma mère avait mis en place pour composer les frisettes. Il y en avait de deux sortes. Les rouleaux d'abord. La mèche de cheveux était enroulée autour et ils étaient maintenus par des épingles que je retirais soigneusement avant de tirer le rouleau vers le haut, libérant la mèche qui retombait en ressort. Sur le dessus de la tête les rouleaux étaient gros, sur les côtés, plus petits. Ensuite, venaient les boucles. Ma mère entortillait les petits cheveux sur les tempes et la nuque en sortes de gidouilles qui pouvaient être minuscules et qu'elle fixait par deux épingles de coiffeuse croisées et glissées à plat. Il convenait de les retirer avec douceur pour ne pas irriter la cliente. Sur une petite tablette, je rangeais les rouleaux dans une grande boîte et les épingles dans une petite. Les deux faisaient partie intégrante du fonds de commerce.

Cependant que j'officiais, les clientes bavardaient. Elles voulaient savoir surtout comment marchait l'école, si je préférais les maths ou le français. Le genre de questions que les adultes posent aux enfants qui leur enlèvent leurs rouleaux. Elles voulaient aussi savoir si je partais bientôt en vacances, si j'allais passer les fêtes en Haute-Loire, si on avait le chauffage là-haut, l'eau courante… Des choses de la vie. Je leur répondis sans peine puisque je connaissais les réponses. L'essentiel était leurs cheveux. Une odeur chaude en montait qui me faisait tourner la tête, une odeur de cuisson, de caramel, l'odeur des produits ensuite, du shampoing, des parfums, des eaux de Cologne dont le souvenir restait imprimé dans la chevelure. Et la volupté des cheveux qui retombaient en boucles, brillants, propres, colorés, bruns majoritairement, avec des reflets auburn (c'était la teinture à la mode) dans la lumière blanche du néon. Et le charme des frisettes qui moussaient dans le cou et sur les tempes. Et l'intimité de ces dames en cheveux bruts, surprises avant le coup de peigne, saisies dans le brouillon de leur beauté. Je devenais le minuscule complice de leurs trucs et de leurs subterfuges, le compère de leurs charmes secrets. Et ma mère arrivait, affairée, avec ses brosses, ses peignes et sa bombe de laque pour faire lever dans mes frisettes son talent de coiffeuse. Crêper, brosser, cranter, gonfler, lisser, tout cela était affaire de dames et je me retirais sur la pointe des pieds pour aller officier dans le box voisin. Un peu ivre d'application et de trop de volupté, il me semblait que la vie serait belle si je pouvais la passer tout entière les mains et le nez plongés dans le crâne chaud des femmes.

2

Le tour du Monde

Le Grand Prix

En ce temps-là le tour du monde n'était pas encore goudronné. Seule l'avenue qui traversait le village ressemblait à une vraie rue mais encore s'appelait-elle « la Sablière ». Le tour du monde passait par le chemin de Bos, remontait par la ligne droite bordée de platanes devant chez Theillère, tournait à gauche à l'entrée du village devant le monument aux morts, montait la fameuse avenue de la Sablière, escaladait un bout de la terrible côte des marronniers, redescendait à gauche devant l'hospice et, miracle, passait bientôt devant chez moi sur l'ancienne route de Beauzac, que l'on appelait tous « la petite route », avant de retourner dans le chemin de Bos. Ce parcours dessinait exactement les contours de mon monde, celui où je pouvais aller, venir et pédaler librement, le monde où se trouvait la fontaine pour l'eau, où je pouvais patauger dans le Champillou, aller chercher des bonbons au village (caramels à un franc, Malabars, rouleaux de réglisse, boîtes de coco). Un monde de chemins de terre où les vaches, retour des prés plats, croisaient encore les moutons, retour des prés escarpés.

Chaque été, au moment de la vogue, au titre de l'excès des bonheurs, se déroulait le Grand Prix de Bas-en-Basset. Cet événement cycliste réservé aux coureurs de quatrième caté était, pour moi, ce qui se faisait de plus important avec le Tour de France. C'était juste un peu mieux, puisque c'était le tour du monde et que la course passait devant chez moi. Des coureurs locaux s'y affrontaient pour quelques prix en nature et pour quelques primes sonnantes distribuées par les commerçants aux moments opportuns pour relancer l'ardeur de la bataille.

Cette année-là, la compétition revêtait un caractère particulier puisque le journal et la rumeur publique avaient annoncé la participation de Kumor avec le dossard 51 ! Kumor ne faisait pas la Une de *L'Équipe*, je ne le connaissais pas, mais il avait pour particularité d'avoir été l'élève de ma tante en grande section de Maternelle quelques années auparavant. Cela suffisait amplement à en faire, à mes petits yeux, un membre de la famille, un champion, un héros et un favori. Il comptait quelques victoires à son palmarès, acquises majoritairement dans des arrivées au sprint. Il s'agissait donc d'un sprinteur.

Pour être bien certain de le reconnaître j'avais demandé à ma tante une description détaillée de l'athlète. Elle se souvenait d'un bon môme à tête dure comme elle en avait vu défiler tant et, pour se débarrasser de moi, elle précisa qu'à cinq ans déjà, il avait des cuisses énormes, plus grosses que sa tête. Elle n'était pas étonnée de le voir devenu champion cycliste.

J'étais donc très favorable à Kumor. Avec un peu de chance il viendrait, son bouquet de vainqueur à la main, remercier ma tante d'avoir fait de lui un crack et ce serait le plus beau jour de ma vie.

Les préparatifs

Une course se prépare soigneusement et rien ne doit être laissé au hasard. Il n'était pas question de laisser Kumor sans assistance et je pris les choses en main. Je me plaçai au centre du pré qui s'étendait entre notre maison et la route, retournai mon vélo sur la selle et le guidon, et à l'aide d'une clef plate de douze et d'une clef multiple pour bloquer l'écrou de l'autre côté de l'axe, je démontai les deux roues. Je l'abandonnai ainsi, retourné au milieu du pré, comme symbole de son sacrifice. Je portai les roues jusqu'à la route et les posai contre le petit parapet, au bord du fossé, prêtes à être tendues à Kumor au cas où il crèverait.

À la corvée d'eau je n'étais encore qu'une cruche. Il faut dire que nous n'avions pas encore l'eau sur l'évier et qu'il fallait traverser le pré pour aller jusqu'à la source faire le plein. Les plus grands portaient deux seaux et les petits, une cruche. On savait par expérience qu'il ne servait à rien de donner aux enfants des seaux puisqu'ils battaient très vite sur leurs petits mollets et leur contenu se déversait dans les chaussettes. Je portais donc une cruche. J'avais choisi celle que mon père appelait le « cantis » parce qu'elle était réputée garder l'eau fraîche. Sous le terrible soleil de juillet, Kumor serait heureux d'avoir un coup bien frais dans son bidon. Je la serrai très fort contre mon cœur pour qu'elle ne glisse pas, ce qui avait également pour effet de la réchauffer. Le moment venu, j'en transférerais le contenu dans le bidon d'aluminium réglementaire qui était fixé au cadre du vélo de mon père. Ceci sans lui demander son avis, au cas où il ne serait pas d'accord.

Appliquant au cyclisme de compétition des principes diététiques qui étaient les miens et qui, sans doute, expliquaient la rondeur de mes propres cuisses, je sculptai dans un beau tronçon de flûte un sandwich au saucisson bien beurré. Je n'y glissai point de cornichons de peur de les voir tomber dans les rayons de Kumor. J'enveloppai l'objet dans une feuille du journal du jour, laissant seulement dépasser les premières bouchées.

Mon père m'expliqua que, puisqu'il faisait partie de l'équipe de l'As de Trèfle Stéphanois, Kumor porterait un maillot violet à manches grises avec ATS brodé sur le cœur. Il serait donc facile de le reconnaître parmi les soixante concurrents. Dans son dos, il porterait le dossard numéro 51 en chiffres noirs sur fond blanc. Connaissant personnellement quelques-uns des compétiteurs, mon père prédit que certains rentreraient très vite à la maison ou au bistrot sur la place et que l'on y verrait très tôt plus clair dans le déroulement de la course. Mon père connaissait très bien la course cycliste en Haute-Loire. Il ne donnait pas cher de la peau des jeunes du village qui voulaient se mesurer aux cracks de Firminy et de Saint-Étienne.

Je ne possédais pas de maillot violet moi-même, mais j'avais une chemise bleue qui s'en approchait. Je l'enfilai donc par-dessus mon flottant de gymnastique et tirai fort mes socquettes sur mes mollets. Je mis une casquette avec la visière en arrière pour éviter le terrible coup de soleil sur la nuque. Je fis quelques assouplissements et regrettai d'avoir démonté mon vélo si tôt. J'aurais pu faire quelques tours de maison à fond pour tromper l'ennui de l'attente.

Ce fut long. Je me fis montrer vingt fois le nom de Kumor écrit en tout petit dans la liste des partants sur le journal. À la vingtième fois, il me sembla que son nom était écrit plus gros que celui des autres. J'y vis un favorable présage. J'aurais bien aimé faire un petit tour sur le parcours mais j'avais peur de me faire voler ma place sur le muret par les spectateurs qui commençaient à approcher, à la recherche d'un bon coin. Et le coin était bon puisque la route était en mauvais état et les risques de crevaison par silex inévitables. Je savais parfaitement que les démarrages et les crevaisons sont toujours les temps forts de la course. Ceux où tout peut basculer.

Le gros peloton

Vers trois heures de l'après-midi, il y eut un petit coup de fanfare suivi d'un grand coup de silence. La route se vida et l'on sentit qu'il allait y avoir enfin de l'action. Il faisait une chaleur de plomb et les cailloux blancs de la route renvoyaient les rayons du soleil. Dans de telles conditions, la course s'annonçait terrible.

On attendait les coureurs et on vit d'abord arriver une 203 noire. Je la connaissais très bien puisque c'était celle du boucher qui était aussi le maire et qui ne la conduisait même pas. Il se tenait assis à côté du chauffeur, la tête penchée au dehors, un micro à la main. Un haut-parleur était fixé sur la galerie de toit.

« Chers amis ! hurlait-il, notre Grand Prix cycliste est parti ! Que le meilleur gagne ! »

La 203 soulevait un gros nuage de terre ensoleillée derrière elle, et c'est donc dans le brouillard que je vis arriver la masse compacte du peloton. Il passa devant moi comme un nuage et je ne vis rien. J'avais du sable dans les yeux.

– Et Kumor ? demandai-je à mon père.

– Il est dans le paquet.

– Tu l'as vu ?

– Sûr !

– Il avait l'air comment ?

– Il baissait la tête.

Au tour suivant, la 203 annonça que le gros peloton était groupé et que l'on comptait quelques attardés dans la côte des marronniers. Je me fis confirmer par mon père que le gros peloton n'était pas un coureur. Il n'aurait plus manqué que ce gros lard vienne souffler la victoire à Kumor ! Cette fois-ci, j'y vis plus clair, la couleur de certains maillots se détachait de la masse. Je fus certain d'avoir vu le violet de Kumor, pas très loin de la tête. Mais j'avais vu aussi un grand rouge qui se tenait devant et qui m'inquiétait beaucoup. Il avait l'air très fort et il allait falloir compter avec lui. J'étais inquiet, mais confiant. J'applaudis très fort les trois retardataires. Trois de moins.

Un ami, que mon père appelait Chacha, vint s'asseoir sur le muret à côté de nous.

– Ça pédale ? Avec une casquette pareille, tu ne crains personne.

Puis, avisant mes deux roues posées contre le muret, il me demanda :

– C'est quoi ces roues de trottinette ?

– C'est les roues de mon vélo, au cas où Kumor crèverait.

– Et tu crois qu'il va rouler avec des roulettes comme ça, ton Kumor ? Il a un vélo d'homme, le Kumor, avec des grandes roues.

Je ne répondis pas à l'offense. Il allait voir ce qu'il allait voir. Et comment que Kumor était capable de gagner avec mes roues ! Et de sprinter avec mes roues. Il allait leur montrer Kumor. Comme si c'était les roues qui faisaient le cycliste. Et puis j'avais toute confiance en mes roues. Des bonnes roues. Je traversais le ruisseau avec sans problème, elles me rendaient les meilleurs services et, en plus, elles étaient bien gonflées ! Il me faisait rire avec son vélo d'homme.

Au tour suivant, le peloton roulait, me semblait-il, un peu moins vite et il y avait une bonne douzaine d'attardés.

– Au bistrot ! leur cria Chacha.

Ils avaient mis les mains en haut du guidon et semblaient se désintéresser de l'affaire. Ils tournaient les jambes en bavardant, course perdue.

J'essayais d'imaginer où se trouvaient les premiers. Ils devaient déjà avoir tourné dans le chemin de Bos – un virage dangereux le virage de Bos, à cause du sable et des ornières des chars à foin. Il fallait relancer en sortie et je sentais mes cuisses se contracter avec celles de Kumor au moment où il se levait de la selle pour en remettre un coup. Je n'avais pas de conseil à lui donner mais moi, à sa place, c'est dans la côte des marronniers que je porterais mon attaque. À fond, dès le pied, sans se retourner jusqu'en haut. Après, dans la descente vers l'Hospice, il aurait tout le temps pour se retourner et constater les dégâts.

Il est fort ce Kumor !

Au tour suivant, la 203 arriva en trombe. Il y avait du neuf !

« Un homme seul en tête, le numéro 51, Kumor, échappé dans la côte des marronniers ! »

Mon père me tapa sur la tête et je retournai ma casquette pour être sûr de mieux voir. Kumor jaillit de la poudre, seul et glorieux. Son visage était sali par la poussière qui se collait à la sueur. Il semblait déterminé comme jamais. Ce Tour du monde était sa course. J'avais vraiment très mal aux jambes, mais ça avançait fort. En quelques kilomètres il avait pris une avance sérieuse. Le peloton avait explosé derrière moi et les quatre ou cinq meilleurs approchaient, à plat-ventre sur leurs machines, la tête enfoncée dans le guidon, chassant le Kumor.

Pendant huit tours Kumor resta seul en tête et moi au paradis. À chaque passage son avance se confirmait et les lambeaux de peloton qui se lançaient à sa poursuite étaient de plus en plus effilochés. Kumor avait trouvé son rythme. Celui d'un vainqueur.

Je pouvais enfin le voir seul et détailler ses cuisses qu'il avait importantes (je me promis de me sculpter les mêmes), détailler son maillot qui était bien violet. Dans l'ardeur de la bataille, il avait perdu sa casquette. En cherchant bien tout autour du monde, j'avais peut-être une petite chance de la retrouver demain matin.

À son deuxième passage en solitaire, je lui tendis mon bidon qu'il ne prit pas. Il était occupé à trifouiller les petites manettes sur son cadre. Je ne lui en voulus pas car j'imaginais sans peine à quel point ce devait être compliqué d'avoir un vélo avec des changements de vitesses.

Aux passages suivants, il n'en voulut pas davantage, mais au huitième, je m'engageai un peu plus sur le bord de la route et il me vit. Il avait soudain une sale tête et l'on voyait ses rides se creuser dans son masque de sable. Il ouvrait largement la bouche pour prendre un peu d'air et sa langue semblait de carton. Son allure s'était considérablement ralentie. Il vit mon bidon comme une bénédiction et me l'arracha des mains pour le siffler aussitôt.

– Mon bidon ! hurla mon père en essayant de le rattraper.

Il revint vers moi.

– Pourquoi tu lui as donné mon bidon ? Je vais boire comment, moi ?

– Laisse faire, lui dit Chacha, il en a besoin le Kumor ! Jamais il aura aussi bien porté son nom ! Il est cuit !

– C'est le coup de pompe.

Comme j'en avais déjà entendu parler de ce fameux coup de pompe, je me mis à bouder dans mon coin. Ils allaient voir ce qu'ils allaient voir.

Kumor renaissant de ses cendres et repartant à la bataille.

– En tout cas, il est encore premier.

Deux coureurs arrivèrent derrière, détachés du peloton. Je dois reconnaître qu'ils avaient l'air gaillard. L'un était rouge et l'autre jaune, ce qui n'était pas bon signe. Mon père regarda la liste des dossards.

– Le 26, c'est Madelrieu, de Basset, et le 31, c'est Furnon, de Cheucles.

Derrière ces deux-là, c'était la débandade. Tout le monde avait l'air épuisé. Un coureur s'arrêta près de nous, jeta son vélo dans le fossé d'un air rageur. Avisant un seau d'eau, il y trempa la tête, se recoiffa avec les doigts et vint s'asseoir sur le muret à côté de moi. De la poche de son maillot, il tira un paquet de cigarettes et en alluma une. Après la première bouffée, il dit à mon père.

– Ils sont fous de nous faire rouler sous ce cagnard. Et l'autre con qui nous démarre sous le nez et qui tire comme un âne. C'est dimanche après tout. Et il faut retourner au boulot demain. Moi je vais rentrer direct.

– Dur le vélo ! philosopha Chacha.

– J'aurais bien aimé rapporter le jambon du vainqueur à la maison, mon père aurait été content, mais pas à ces allures-là ! Ils ont forcé sur le café !

Le bruit courait dans le village que certains coureurs avalaient jusqu'à cinq cafés avant le départ pour stimuler leur cœur et se donner de la vaillance. On soupçonnait même certains d'en mettre dans leur bidon. En ce temps-là, le dopage ravageait déjà les campagnes.

Il se tourna vers moi et posa sa main de coureur cycliste sur ma casquette.

– Quant à toi, merdeux, me dit-il affectueusement, t'as intérêt à faire du foot. Parole de cycliste !

Trois devant

Au passage suivant, ils étaient trois en tête. Kumor avait été rejoint, mais grâce à mon bidon il avait pu rester dans les roues. Il n'était pas fringant mais il se tenait derrière, bien à l'abri derrière les deux déchaînés qui menaient le train.

– Il va faire le raton pendant deux trois tours et il se refera la cerise.

– Ou bien il va prendre un éclat dans la prochaine montée des marronniers et il rentrera à pied. Je te parierais bien l'apéro sur celle-là, proposa Chacha. On ne se remet pas d'un coup d'une fringale pareille. Impossible.

« Impossible n'est pas Kumor », pensai-je *in petto*. S'il avait la fringale, moi, j'avais le sandwich. Il se trouvait derrière moi, sur le muret. Le beurre avait dégouliné, le pain avait séché et le saucisson s'était un peu corné sous la chaleur, mais c'était un sandwich. Lorsque la 203 repassa, annonçant que les trois échappés approchaient, je m'avançai jusqu'à l'extrême bord de la route et tendis le bras armé du sandwich. Les coureurs arrivèrent en rafale et c'est Madelrieu qui me l'arracha.

– Il est pas pour toi ! hurlai-je en courant derrière eux.

Je revins désespéré. Chacha riait.

– Tu t'es fait bouffer ton sandwich ?

– Non, il était pour Kumor.

– T'en fais pas, ils vont le partager.

– Je serais bien étonné qu'ils lui en donnent une miette.

– On ne sait jamais ce qui se passe dans la tête d'un cycliste à deux tours de la ligne, tu as raison. Surtout s'il a pris du café.

Comme le moment de l'arrivée approchait, nous fîmes mouvement vers la banderole pour être certains de ne rien rater du sprint. Les pronostiqueurs se montraient fort perplexes. Kumor était certes un sprinteur de talent – il n'était que de voir ses cuisses –, mais il semblait bien fatigué et ses deux adversaires bien frais, ce qui, en fin de course, faisait souvent la différence. Rien de tel que la fraîcheur pour réussir un bon sprint !

– D'un autre côté, analysait Chacha, Kumor s'est contenté de sucer les roues depuis trois tours et il a eu le temps de se refaire. On le donnait mort tout à l'heure – et moi le premier –, mais il est toujours là. C'est un malin.

La 203 s'arrêta au-delà de la ligne et annonça que nous allions assister à une arrivée au sprint entre les trois échappés. Le peloton qui ne comptait plus que dix unités était à cinq minutes.

Les trois coureurs débouchèrent au bout de l'avenue, debout sur les pédales. Les deux compères s'écartèrent et Kumor lança le sprint. Il donna un coup de reins terrible qui le propulsa en avant, prit une longueur, releva légèrement la tête pour juger de la position de ses adversaires, piocha sur son grand développement et, insensiblement, inexorablement, sembla ralentir. Les deux félins qui avaient sauté dans sa roue le passèrent chacun d'un côté et Furnon vint coiffer Madelrieu d'un boyau sur la ligne. Kumor, troisième à une roue du vainqueur, tapait son poing fermé de rage sur son guidon.

Le maire s'égosillait.

– Et c'est Furnon de Cheucles qui remporte le jambon offert par la boucherie Fournel ! C'est Furnon le champion !

Furnon eut un bouquet, il eut un baiser de la grande Roberte, on lui donna son jambon qu'il brandit comme un autre bouquet. Il posa pour la photographie dans le journal. On lui tapa beaucoup dans le dos pour le féliciter, on lui tâta les mollets qu'il portait longs et rasés. On lui prédit un bel avenir cycliste et on lui donna rendez-vous au championnat départemental à la fin du mois. Sa victoire au Grand Prix valait une sélection.

Kumor, solitaire, arborait derrière la ligne un air si renfrogné que même ma tante, qui était pourtant sa maîtresse, n'osa pas l'approcher. Il comptait bien sur cette course pour le propulser au niveau départemental et c'est pour cette raison qu'il avait tout donné et pris tous les risques. C'était sans compter la fraîcheur et la complicité de ses deux adversaires. Ils avaient manœuvré ensemble pour le planter et il leur revaudrait la pareille. En gros, il faisait la gueule et il avait mal aux pattes. Plus elles sont grosses, plus elles font mal. En plus de ça, mon père eut l'audace de venir lui réclamer son bidon. Malheur au vaincu.

Veillée d'arme

Ma soirée à moi fut terrible. Je me sentais dans la grisaille, soûlé de bruit et de chaleur, malade de déception. Je tirai mon vélo à l'ombre du chêne et entrepris de lui rendre ses roues. La clef ripait sur l'écrou et je ne parvenais pas à bloquer l'axe correctement. Les patins de frein s'obstinaient à frotter sur les jantes. Je badigeonnai du cambouis sur ma chemise bleue, ce qui n'arrangea pas mes affaires. Lorsque je parvins enfin à remettre ma bécane sur ses pneus, l'idée me vint que je devais venger Kumor.

Mon intention première était de ne pas manger du tout, par excès de tristesse et par souci de contrition après cette rageante défaite, mais puisque j'avais décidé de passer à l'action, je devais impérativement me mettre à l'abri de la fringale. Une course de perdue suffisait amplement. Je m'empiffrai donc.

– On dirait que la course cycliste ouvre l'appétit.

Ma mère ne croyait pas si bien dire. Je me couchai tôt pour prendre des forces, et me levai à l'aube avant tout le monde. Dans la maison silencieuse, j'enfilai une paire de socquettes blanches que je tirai bien haut sur le mollet. Je mis mes chaussures noires. Elles n'étaient pas à proprement parler des chaussures cyclistes mais c'est ce que j'avais de plus ressemblant. Bien sûr, je n'avais pas le droit de faire du vélo avec. Je roulai les manches de ma chemise bleue sur mes bras et en rentrai les pans dans mon flottant. Ce flottant me tracassait. Précisément parce qu'il flottait. Je décidai donc d'en pincer les jambes de chaque côté à l'aide de pinces à linge pour lui donner une allure de cuissard. J'empruntai le bidon de mon père et je partis refaire le sprint de Kumor.

Le village était désert et les maraîchers qui devaient tenir leur marché sur la Sablière n'étaient pas encore arrivés. La ligne blanche était encore tracée sur le sol.

Je pris mon élan de loin et débouchai en trombe dans le virage à gauche, Madelrieu et Furnon étaient juste devant moi, lancés à fond. Lorsqu'ils s'écartèrent, je décidai de prendre ma chance tout de suite. Il faut dire que je suis très rapide au sprint. Je donnai un coup de reins décisif et je sentis qu'ils décrochaient. C'est la plus belle sensation au sprint : vous commencez à mettre en route et vous sentez que vos adversaires reculent. Pour juger de mon avance, je relevai la tête et ce me fut fatal. Furnon me remonta par la droite et Madelrieu par la gauche. J'en remis une couche, mais rien à faire, ils étaient sur orbite. Furnon gagna d'un pneu et Madelrieu me prit une demi-roue. Je tapai du poing sur mon guidon.

Maintenant je savais ma faute. J'avais compris. Je n'aurais jamais dû céder à la tentation. Me sachant plus fort qu'eux, ils m'avaient ouvert la porte pour que je fonce et qu'ils puissent profiter de mon abri. J'étais tombé dans le panneau. Il ne faut pas se ruer sur la ligne. Il faut la laisser venir à soi.

Je retournai me mettre en position et débouchai à nouveau en trombe dans le virage à gauche. Lorsque mes deux adversaires s'écartèrent, je sautai dans la roue du plus proche, Madelrieu. Il n'eut pas d'autre choix que de faire l'effort. Je le laissai s'user et à cinquante mètres de la ligne, je le sautai proprement. Je relevai la tête pour juger des dégâts lorsque Furnon qui avait soigneusement sucé ma roue jusque-là, me gratta sur la ligne et me vola la victoire pour un malheureux boyau. Je tapai du poing sur mon guidon. Ces deux-là avaient du vice et se mettaient en cheville pour me conduire à ma perte. Ils allaient voir.

Je débouchai en trombe du virage à gauche. Debout sur les pédales. Lorsque mes deux adversaires s'écartèrent, je sautai dans la roue de Furnon et fis une petite vague pour que Madelrieu ne se glisse pas derrière moi comme dans un fauteuil. Furnon lança un sprint furieux. Je restai dans son abri aussi longtemps que possible pour ne pas laisser à Madelrieu le temps de me remonter avant la ligne. Le moment venu, je passai à l'attaque et poussai comme un forcené, tête baissée… Et c'était là le secret : garder la tête baissée, ne rien voir, garder les yeux au sol, guetter la ligne, se fiche de ses adversaires, être un pur sprinteur.

Aucun des deux ne parvint à me remonter cette fois. La ligne glissa sous moi comme une caresse et je me redressai pour lever les mains en vainqueur. Enfin.

J'ouvris les yeux et je découvris la grosse maraîchère en noir qui venait droit sur moi. Son vélo débordait de légumes, elle était large comme la route, lente comme un tank, chargée comme une mule. Lancé à fond vers elle, les bras levés je sus que mon premier triomphe de coureur cycliste allait se terminer en pot-au-feu.

DU MÊME AUTEUR

Yasmina Khadra

Morituri
Baleine n°57
« Folio Policier », n° 126

Double blanc
Baleine, n° 81
« Folio Policier », n° 148

L'Automne des chimères
Baleine, n° 126
« Folio Policier », n° 166

Le Dingue au bistouri
Flammarion, 1999
et « J'ai Lu Policier », n° 5985

Les Agneaux du seigneur
Julliard, 1999
et « Pocket », n° 10786

À quoi rêvent les loups
Julliard, 1999
et « Pocket », n° 10979

L'Écrivain
Julliard, 2001
et « Pocket », n° 11485

L'Imposture des mots
Julliard, 2002
et « Pocket », n° 11743

Les Hirondelles de Kaboul
Julliard, 2002
et « Pocket », n° 11988

Cousine K
Julliard, 2003
et « Pocket », n° 12271

La Part du mort
Julliard, 2004
et « Folio Policier », n° 376

L'Attentat
Julliard, 2005
et « Pocket », n° 12972

Les Sirènes de Bagdad
Julliard, 2006
et « Pocket », n° 13347

Dominique Sylvain

Baka !
Viviane Hamy, 1995, 2007

Sœurs de sang
Viviane Hamy, 1997
et « J'ai Lu », n° 6573

Travestis
Viviane Hamy, 1998
et « J'ai Lu », n° 5692

Techno bobo
Viviane Hamy, 1999
et « J'ai Lu », n° 6114

Vox
Viviane Hamy, 2000
et « J'ai Lu », n° 6755

Strad
Viviane Hamy, 2001

Cobra
Viviane Hamy, 2002

Les Passeurs de l'étoile d'or
nouvelles
Autrement, 2004

Passage du désir
Viviane Hamy, 2004
et « J'ai Lu », n° 8026

La Fille du samouraï
Viviane Hamy, 2005
et « J'ai Lu », n° 8401

Manta Corridor
Viviane Hamy, 2006

L'Absence de l'ogre
Viviane Hamy, 2007

Marc Villard

Nés pour perdre
nouvelles
Repères, 1980

Légitime démence
Sanguine, 1980

Corvette de nuit
Fayard, 1981
et « Série noire », n° 2340

Cœur debout
nouvelles
Hemsé, 1982

La Vie d'artiste
NéO, 1982
et Rivages, n° 150

Sauvages dans les rues
nouvelles
NéO, 1983

La Voix sans visage
nouvelles
Hachette, n° 2

Ballon mort
« Série noire », n° 1964

Au pied du mur
nouvelles
NéO, 1985

Le Sentier de la guerre
« Série noire », n° 2020

No woman, no diams
nouvelles
Asphalte, 1987

13 cow-boys dramatiques
nouvelles
Néo, 1987

Le Roi, sa femme et le petit prince
« Série noire », n° 2093

Rebelles de la nuit
Le Mascaret, 1987

Une chambre sur Hollywood boulevard
nouvelles
Safrat, 1988

La dame est une traînée
« Série noire », n° 2171

Démons ordinaires
nouvelles
Rivages, n° 130

La Porte de derrière

« Série noire », n° 2316

et « Folio Policier », n° 69

Dans les rayons de la mort

nouvelles

Rivages, n° 178

J'aurai voulu être un type bien

nouvelles

L'Atalante, 1994

et « Folio », n° 3569

Rouge est ma couleur

Rivages, n° 239

Cœur sombre

Rivages, n° 283

Du béton dans la tête

nouvelles

Rivages, n° 284

Rosario

novella

Éditions de La Loupiote, 1997

L'Ange bleu

novella

Joca Seria, 1997

Matador

novella

La Voûte, 1997

Retour au magenta

nouvelles

Le Serpent à plumes, n° 4

Un jour je serai latin lover
nouvelles
L'Atalante, 1998
et « Folio », n° 3568

Les Rosbifs de Montorgueil
novella
Baleine, 1998

Made in Taïwan
nouvelles
Rivages, n° 333

Gangsta Rap
nouvelles
« Série noire », n° 2580

Bonjour, je suis ton nouvel ami
nouvelles
L'Atalante, 2001

La Guitare de Bo Diddley
Rivages, n° 471

1 chat, 2 privés, 10 coronas
novella
Eden, 2003

Elles sont folles de mon corps
nouvelles
L'Atalante, 2003

Personne n'en sortira vivant
nouvelles
Rivages, n° 470

Petite mort, sortie Rambuteau
novella
Autrement, 2004

Souffrir à St-Germain-des-près
nouvelles
L'Atalante, 2005

Ping-pong
(en collaboration avec Jean-Bernard Pouy)
nouvelles
Rivages, n° 572

Tohu-bohu
(en collaboration avec Jean-Bernard Pouy)
Rivages, n° 673

Entrée du diable à Barbèsville
Rivages, n° 669

Le Coup du sombrero
L'Atalante, 2008

Paul Fournel

Clés pour la littérature potentielle
Denöel, 1972

L'Équilatère, roman
Gallimard, 1972

L'Histoire véritable de Guignol
Slatkine, 1981

Les petites filles respirent le même air que nous
nouvelles
Gallimard, 1978
et « Folio », n° 2546

Les Grosses Rêveuses
Seuil, 1981
et « Points », n° P557

Les Aventures très douces de Timothée le rêveur

Hachette, 1982

et « Le Livre de Poche Jeunesse », n° 197

Un rocker de trop

Balland, 1983

et « Folio Junior », n° 348

Les Athlètes dans leur tête

nouvelles

Ramsay, 1988

et « Points », n° 558

Un homme regarde une femme

Seuil, 1994

et « Points », n° 125

Le Jour que je suis grand

Gallimard, 1995

Guignol, les Mourguet

album

Seuil, 1995

Pac de cro

« Points virgule », n° 178

Toi qui connais du monde

poèmes

Mercure de France, 1997

Alphabet gourmand

(avec Harry Mathews et Boris Tissot)

Seuil Jeunesse, 1998

Foraine

Seuil, 1999

Besoin de vélo

essai

Seuil, 2001

et « Points », n° 1015

Timothée dans l'arbre
Seuil, 2003

Poil de Cairote
Seuil, 2004
et « Points », n° 1656

Les Débuts de la colonie
La Bibliothèque oulipienne, 2005

La Table de nain
La Bibliothèque oulipienne, 2005

Animaux d'amour
La Bibliothèque oulipienne, 2006

Les Mains dans le ventre
théâtre
Actes Sud, 2008

L'Oulipo, l'anthologie
poésie
Gallimard, 2008

RÉALISATION : IGS-CHARENTE À L'ISLE D'ESPAGNAC
IMPRESSION : BRODARD ET TAUPIN À LA FLÈCHE
DÉPÔT LÉGAL : AVRIL 2008. N° 96708
N° D'IMPRIMEUR : 46068
IMPRIMÉ EN FRANCE

Collection Points

DERNIERS TITRES PARUS

P1752. Dans les bras de Morphée
Histoire des expressions nées de la mythologie
Isabelle Korda
P1753. Parlez-vous la langue de bois ?
Petit traité de manipulation à l'usage des innocents
Martine Chosson
P1754. Je te retrouverai, *John Irving*
P1755. L'Amant en culottes courtes, *Alain Fleischer*
P1756. Billy the Kid, *Michael Ondaatje*
P1757. Le Fou de Printzberg, *Stéphane Héaume*
P1758. La Paresseuse, *Patrick Besson*
P1759. Bleu blanc vert, *Maïssa Bey*
P1760. L'Été du sureau, *Marie Chaix*
P1761. Chroniques du crime, *Michael Connelly*
P1762. Le croque-mort enfonce le clou, *Tim Cockey*
P1763. La Ligne de flottaison, *Jean Hatzfeld*
P1764. Le Mas des alouettes, Il était une fois en Arménie
Antonia Arslan
P1765. L'Œuvre des mers, *Eugène Nicole*
P1766. Les Cendres de la colère. Le Cycle des Ombres II
Mathieu Gaborit
P1767. La Dame des abeilles. Le Cycle du latium III
Thomas B. Swann
P1768. L'Ennemi intime, *Patrick Rotman*
P1769. Nos enfants nous haïront
Denis Jeambar & Jacqueline Remy
P1770. Ma guerre contre la guerre au terrorisme
Terry Jones
P1771. Quand Al-Quaïda parle, *Farhad Khosrokhavar*
P1772. Les Armes secrètes de la C. I. A., *Gordon Thomas*
P1773. Asphodèle, *suivi de* Tableaux d'après Bruegel
William Carlos Williams
P1774. Poésie espagnole 1945-1990 (anthologie)
Claude de Frayssinet
P1775. Mensonges sur le divan, *Irvin D. Yalom*
P1776. Le Sortilège de la dague. Le Cycle de Deverry I
Katharine Kerr
P1777. La Tour de guet *suivi des* Danseurs d'Arun.
Les Chroniques de Tornor I, *Elisabeth Lynn*
P1778. La Fille du Nord, Les Chroniques de Tornor II
Elisabeth Lynn
P1779. L'Amour humain, *Andreï Makine*

P1780. Viol, une histoire d'amour, *Joyce Carol Oates*
P1781. La Vengeance de David, *Hans Werner Kettenbach*
P1782. Le Club des conspirateurs, *Jonathan Kellerman*
P1783. Sanglants trophées, *C.J. Box*
P1784. Une ordure, *Irvine Welsh*
P1785. Owen Noone et Marauder, *Douglas Cowie*
P1786. L'Autre Vie de Brian, *Graham Parker*
P1787. Triksta, *Nick Cohn*
P1788. Une histoire politique du journalisme
Géraldine Muhlmann
P1789. Les Faiseurs de pluie.
L'histoire et l'impact futur du changement climatique
Tim Flannery
P1790. La Plus Belle Histoire de l'amour, *Dominique Simonnet*
P1791. Poèmes et proses, *Gerard Manley Hopkins*
P1792. Lieu-dit l'éternité, poèmes choisis, *Emily Dickinson*
P1793. La Couleur bleue, *Jörg Kastner*
P1794. Le Secret de l'imam bleu, *Bernard Besson*
P1795. Tant que les arbres s'enracineront
dans la terre et autres poèmes, *Alain Mabanckou*
P1796. Cité de Dieu, *E.L. Doctorow*
P1797. Le Script, *Rick Moody*
P1798. Raga, approche du continent invisible, *J.M.G. Le Clézio*
P1799. Katerina, *Aharon Appefeld*
P1800. Une opérette à Ravensbrück, *Germaine Tillion*
P1801. Une presse sans Gutenberg,
Pourquoi Internet a révolutionné le journalisme
Bruno Patino et Jean-François Fogel
P1802. Arabesques. L'aventure de la langue en Occident
Henriette Walter et Bassam Baraké
P1803. L'Art de la ponctuation. Le point, la virgule
et autres signes fort utiles
Olivier Houdart et Sylvie Prioul
P1804. À mots découverts. Chroniques au fil de l'actualité
Alain Rey
P1805. L'Amante du pharaon, *Naguib Mahfouz*
P1806. Contes de la rose pourpre, *Michel Faber*
P1807. La Lucidité, *José Saramago*
P1808. Fleurs de Chine, *Wei-Wei*
P1809. L'Homme ralenti, *J.M. Coetzee*
P1810. Rêveurs et nageurs, *Denis Grozdanovitch*
P1811. - 30°, *Donald Harstad*
P1812. Le Second Empire. Les Monarchies divines IV
Paul Kearney
P1813. Été machine, *John Crowley*
P1814. Ils sont votre épouvante, et vous êtes leur crainte
Thierry Jonquet

P1815. Paperboy, *Pete Dexter*
P1816. Bad city blues, *Tim Willocks*
P1817. Le Vautour, *Gil Scott Heron*
P1818. La Peur des bêtes, *Enrique Serna*
P1819. Accessible à certaine mélancolie, *Patrick Besson*
P1820. Le Diable de Milan, *Martin Suter*
P1821. Funny Money, *James Swain*
P1822. J'ai tué Kennedy ou les mémoires d'un garde du corps *Manuel Vázquez Montalbán*
P1823. Assassinat à Prado del Rey et autres histoires sordides *Manuel Vázquez Montalbán*
P1824. Laissez entrer les idiots. Témoignage d'un autiste *Kamran Nazeer*
P1825. Patients si vous saviez, *Christian Lehmann*
P1826. La Société cancérigène *Geneviève Barbier et Armand Farrachi*
P1827. La Mort dans le sang, *Joshua Spanogle*
P1828. Une âme de trop, *Brigitte Aubert*
P1829. Non, ce pays n'est pas pour le vieil homme *Cormack Mc Carthy*
P1830. La Psy, *Jonathan Kellerman*
P1831. La Voix, *Arnaldur Indridason*
P1832. Les Nouvelles Enquêtes du juge Ti, vol. 4 Petits meurtres entre moines, *Frédéric Lenormand*
P1833. Les Nouvelles Enquêtes du juge Ti, vol. 5 Madame Ti mène l'enquête, *Frédéric Lenormand*
P1834. La Mémoire courte, *Louis-Ferdinand Despreez*
P1835. Les Morts du Karst, *Veit Heinichen*
P1836. Un doux parfum de mort, *Guillermo Arriaga*
P1837. Bienvenue en enfer, *Clarence L. Cooper*
P1838. Le Roi des fourmis, *Charles Higson*
P1839. La Dernière Arme, *Philip Le Roy*
P1840. Désaxé, *Marcus Sakey*
P1841. Opération vautour, *Stephen W. Frey*
P1842. Éloge du gaucher, *Jean-Paul Dubois*
P1843. Le Livre d'un homme seul, *Gao Xingjian*
P1844. La Glace, *Vladimir Sorokine*
P1845. Je voudrais tant revenir, *Yves Simon*
P1846. Au cœur de ce pays, *J.M. Coetzee*
P1847. La Main blessée, *Patrick Grainville*
P1848. Promenades anglaises, *Christine Jordis*
P1849. Scandale et folies. Neuf récits du monde où nous sommes, *Gérard Mordillat*
P1850. Un mouton dans la baignoire, *Azouz Begag*
P1851. Rescapée, *Fiona Kidman*
P1852. Le Sortilège de l'ombre. Le Cycle de Deverry II *Katharine Kerr*

P1853. Comment aiment les femmes. Du désir et des hommes
Maryse Vaillant
P1854. Courrier du corps. Nouvelles voies de l'anti-gymnastique
Thérèse Bertherat
P1855. Restez zen. La méthode du chat, *Henri Brunel*
P1856. Le Jardin de ciment, *Ian McEwan*
P1857. L'Obsédé (L'Amateur), *John Fowles*
P1858. Moustiques, *William Faulkner*
P1859. Givre et sang, *John Cowper Powys*
P1860. Le Bon Vieux et la Belle Enfant, *Italo Svevo*
P1861. Le Mystère Tex Avery, *Robert Benayoun*
P1862. La Vie aux aguets, *William Boyd*
P1863. L'amour est une chose étrange, *Joseph Connolly*
P1864. Mossad, les nouveaux défis, *Gordon Thomas*
P1865. 1968, Une année autour du monde
Raymond Depardon
P1866. Les Maoïstes, *Christophe Bourseiller*
P1867. Floraison sauvage, *Aharon Appelfeld*
P1868. Et il y eut un matin, *Sayed Kashua*
P1869. 1000 mots d'esprit, *Claude Gagnière*
P1870. Le Petit Grozda. Les merveilles oubliées du Littré
Denis Grozdanovitch
P1871. Romancero gitan, *Federico García Lorca*
P1872. La Vitesse foudroyante du passé, *Raymond Carver*
P1873. Ferrements et autres poèmes, *Aimé Césaire*
P1874. La Force qui nous manque, *Eva Joly*
P1875. Enfants des morts, *Elfriede Jelinek*
P1876. À poèmes ouverts, *Anthologie Printemps des poètes*
P1877. Le Peintre de batailles, *Arturo Pérez-Reverte*
P1878. La Fille du Cannibale, *Rosa Montero*
P1879. Blue Angel, *Francine Prose*
P1880. L'Armée du salut, *Abdellah Taïa*
P1881. Grille de parole, *Paul Celan*
P1882. Nouveaux poèmes *suivi de* Requiem
Rainer Maria Rilke
P1883. Dissimulation de preuves, *Donna Leon*
P1884. Une erreur judiciaire, *Anne Holt*
P1885. Honteuse, *Karin Alvtegen*
P1886. La Mort du privé, *Michael Koryta*
P1887. Tea-Bag, *Henning Mankell*
P1888. Le Royaume des ombres, *Alan Furst*
P1889. Fenêtres de Manhattan, *Antonio Muñoz Molina*
P1890. Tu chercheras mon visage, *John Updike*
P1891. Fonds de tiroir, *Pierre Desproges*
P1892. Desproges est vivant, *Pierre Desproges*
P1893. Les Vaisseaux de l'ouest. Les Monarchies divines V
Paul Kearney

P1894. Le Quadrille des assassins. Trilogie Morgenstern I
Hervé Jubert
P1895. Un tango du diable. Trilogie Morgenstern II
Hervé Jubert
P1896. Le Cycle de Kraven. La Ligue des héros I
Xavier Mauméjean
P1897. Train perdu, wagon mort, *Jean-Bernard Pouy*
P1898. Cantique des gisants, *Laurent Martin*
P1899. La Nuit de l'abîme, *Juris Jurjevics*
P1900. Tango, *Elsa Osorio*
P1901. Julien, *Gore Vidal*
P1902. La Belle Vie, *Jay McInerney*
P1903. La Baïne, *Eric Holder*
P1904. Livre des chroniques III, *António Lobo Antunes*
P1905. Ce que je sais (Mémoires 1), *Charles Pasqua*
P1906. La Moitié de l'âme, *Carme Riera*
P1907. Drama city, *George P. Pelecanos*
P1908. Le Marin de Dublin, *Hugo Hamilton*
P1909. La Mère des chagrins, *Richard McCann*
P1910. Des louves, *Fabienne Jacob*
P1911. La Maîtresse en maillot de bain. Quatre récits d'enfance
Yasmina Khadra, Paul Fournel,
Dominique Sylvain et Marc Villard
P1912. Un si gentil petit garçon, *Jean-Loup Chiflet*
P1913. Saveurs assassines. Les Enquêtes de Miss Lalli
Kalpana Swaminathan
P1914. La Quatrième Plaie, *Patrick Bard*
P1915. Mon sang retombera sur vous, *Aldo Moro*
P1916. On ne naît pas Noir, on le devient
Jean-Louis Sagot-Duvauroux
P1917. La Religieuse de Madrigal, *Michel del Castillo*
P1918. Les Princes de Francalanza, *Federico de Roberto*
P1919. Le Conte du ventriloque, *Pauline Melville*
P1920. Nouvelles chroniques au fil de l'actualité.
Encore des mots à découvrir, *Alain Rey*
P1921. Le mot qui fait mouche. Dictionnaire amusant
et instructif des phrases les plus célèbres de l'histoire
Gilles Henry
P1922. Les Pierres Sauvages, *Fernand Pouillon*
P1923. Ce monde est mon partage et celui du démon
Dylan Thomas
P1924. Bright Lights, Big City, *Jay McInerney*
P1925. À la merci d'un courant violent, *Henry Roth*
P1926. Un rocher sur l'Hudson, *Henry Roth*
P1927. L'amour fait mal, *William Boyd*
P1928. Anthologie de poésie érotique
Jean-Paul Goujon (dir.)